가정법

* 이 도서의 국립중앙도서관 출판예정도서목록(CIP)은 서지정보유통지원시스템 홈페이지 (http://seoji.nl.go.kr)와 국가자료공동목록시스템(http://www.nl.go.kr/kolisnet)에서 이용하실 수 있습니다.
(CIP제어번호: CIP2019030646)

가정법 (假定法)

오한기 장편소설

은행나무

차례

부활

무슨 말로 시작해야 할지 감이 잡히지 않는다. 아무래도 내 소개부터 하는 게 좋을 것 같다. 나에 대해서라면 그래도 할 말이 있지 않을까 하는 생각이 들었기 때문이다.

나는 1985년 겨울 눈이 내리던 어느 날 오후 3시에 태어났다. 타고나길 게으른데, 엄마는 소띠인데다가 소가 밭을 갈다가 그늘에 엎드려 쉬는 시간에 태어나서 게으른 거라고 어린 나를 놀렸다. 그럼 나는 송아지처럼 우는 시늉을 했다. 음매. 음매. 엄마는 우리 아들 우리 아들 귀여워하며 안아주었다. 나는 엄마에게 볼을 비비며 또 울었다. 음매. 음매.

십중팔구는 내 첫인상이 나쁘다고 한다. 나는 고르지 못한 치열이 콤플렉스라 사람을 대할 때 입을 가리는 버릇이 있다. 목소리도 작아서 대개 나를 답답해한다. 나는 진지한 성격으로 농담을 증오한다. 다툰 기억이 없을 정도로 이성적이기도 하다. 그렇다고 논리적인 건 또 아니고. 충동적인 면모도 있다. 어떻게 보면 이중적이네. 또 뭐가 있지. 나는 야구를 좋아하고, 축구를 싫어한다. 나는 오른손잡이고, 왼손으로 벌레 잡는 걸 선호한다. 나는 개를 싫어하는데, 좋아하는 척한다. 나는 먼저 연락을 하진 않지만, 연락이 오면 피하지 않는다. 나는…… 나는…… 이제 얘깃거리가 바닥났다. 나는 나에 대해서도 무지한 것 같다. 더 이상 할 말도 없고 슬슬 본론을 꺼내야 할 것 같은데…… 어디서부터 말하는 게 좋을까. 모르겠다. 있는 그대로 말하는 게 낫겠다. 다름 아니라 나는 죽은 적이 있다. 무슨 말인가 싶을 것이다. 죽은 것도 아니고, 죽을 뻔했던 것도 아니고, 죽은 적이 있다니.

이야기는 2010년부터 시작된다. 그해 봄, 나는 외국계 보험사 영업부에 취직했다. 첫 직장이었다. 취업이 잘 되지 않아 오랫동안 마음고생을 했기 때문에 무척 기뻤다. 연애도 했고 결혼도 했다. 행복도 잠시였다. 얼마 지나지 않아 나는 자살했다. 이유야 분명했다. 상사와 동료들은 굼뜨고 어리숙하다며 나를 따돌렸다. 실적을 가로채고 회의실에 가두며 짓궂게 굴기도 했다. 회식 때 술을 억지로 먹여서 입원시킨 적도 있었다. 이젠 그들을 원망하지 않는다. 돌이켜보면 어느 정도 그들의 심정을 헤아릴 수 있을 것 같다. 내성적인 내가 답답했겠지. 민감하게 반응했던 게 후회된다. 좀 더 참을 걸 그랬다. 아니면, 아예 죽여버리거나. 지금이라도 죽일까.

신기한 일은 그 다음 벌어졌다. 죽음은 인생의 끝이 아니었다. 나는 2014년 이 세상으로 되돌아왔다. 일종의 환생을 한 셈이었다. 아예 새로운 존재로 재탄생한 게 아니라 내 삶이라는 여정으로 되돌아왔으니 환생이라고 하기에는 어폐가 있지만, 어휘력이 부족해서 다른 단어는 떠오르지 않으니 그냥 환생이라고 하자. 아, 기억났다! 부활이다. 부활!

사후세계가 눈에 선하다. 천국도 지옥도 없었다. 천사도 악마도 없었다. 나는 거미줄 같은 끈끈한 줄에 포박된 채 절벽 끝에 매달려 있었다. 곳곳에 나처럼 절벽에 위태롭게 매달려 있는 사람들이 보였다. 절벽 아래는 까마득했고, 거칠고 시커먼 계곡이 더 거칠고 시커먼 계곡을 향해 흐르고 있었다. 먹색 하늘은 눈과 비를 번갈아가며 내려보냈다. 가끔 익룡처럼 괴상한 울음소리를 내는 새가 지나갔다. 그럼 머리 위로 새똥이 후드득 떨어져 얼굴을 타고 흘렀다. 피부는 썩어 들어갔다. 견딜 만했다. 힘든 건 따로 있었다. 어디선가 수억 마리의 개구리들이 울어대는 것. 고막이 찢어지는 게 느껴졌다. 차라리 죽여달라고 몸부림을 치면 거대하고 붉은 개구리가 절벽 밑에서 튀어올라 나를 핥았다. 온몸이 타는 듯한 고통이 느껴졌고 살갗이 녹아들었다. 피부는 빠른 속도로 재생됐고, 이 과정들이 끝없이 되풀이됐다. 붉은 대왕 개구리의 혓바닥을 떠올리니까 온몸이 타들어가는 것 같다. 환청도 들린다. 개굴. 개굴. 개굴.

더 신기한 게 남았다. 아직도 처음 그 사실을 들었을 때를 떠올리면 소름이 돋는다. 죽었던 기간, 그러니까 2010년부터 2014년까지 대략 4년 동안 내가 버젓이 생존해 있었다는 사실 말이다. 지금 내 모습, 그러니까 1985년생 소띠 남자 인간으로.

널 구한 게 누구였는지 기억은 나지 않는데, 어쨌든 그 사람이 아니었으면 넌 지금 죽은 목숨이야. 운 좋은 줄 알아. 병문안을 갔더니 시체처럼 잠만 자더라. 잘 살고 있었네. 미련하긴. 몸은 좀 괜찮지?

우연히 마주친 지인은 당시 나에 대해 이렇게 진술했다.

한동안 혼란스러웠다. 내가 살아 있었다니. 사후세계까지 경험한 마당에. 난 분명 죽었었다고! 분명 붉은 대왕 개구리가 나를 핥았단 말이야!

머지않아 생각이 바뀌었다. 지인들을 찾아다니며 물어보니까 하나같이 내가 살아 있었다고 증언한 것이었다. 아무래도 내가 무언가 착각하고 있는 것 같았다. 언제부턴가 정체 모를 생명의 숨결도 귓가에 느껴지는 것 같았다. 기억이 차츰 되살아났다. 그런데 지인들의 증언과 약간 달랐다. 살아 있긴 했는데, 내가 아니었고, 지금과 전혀 다른 모습이었다. 어렴풋하긴 했지만, 하나가 아니라 무수히 많은 무언가로 살아온 기억도 떠올랐다.

기억은 서서히 또렷해졌다. 나는 기억을 붙잡기 위해 글을 쓰기 시작했다. 부활의 수수께끼를 푸는 행위가 내 인생의 그 어떤 것보다 의미 있을 거라는 예감에서였다.

나는 틈만 나면 노트북 키보드에 손을 얹었다. 작업방식은 나를 무의식에 내맡기는 것. 사실을 기반으로 한 논리적이고 이성적인 글쓰기로는 내면 어딘가에 떠돌고 있을 전생과 부활을 포착할 수 없었다. 무의식에서 비롯된 망상의 나열 사이사이 전생과 부활의 징조가 발견됐다. 전생은 무의식의 흐름처럼 종잡을 수 없었다. 전생의 나는 시공간을 초월하기 일쑤였고, 나도 모르는 사이 타인의 육신 속에 들어가 있기도 했다. 동식물 혹은 특정 공간인 적도 있었으며, 관념이나 누군가의 상상인 적도 있었다. 해당 존재로 오래 살기도 했고, 찰나를 살기도 했다. 다른 존재로 건너가거나 부활하는 데 특정한 방법이 있는 것도 아닌 것 같았다. 나는 전생이 가동되는 원리를 파악하는 걸 포기하고 전생의 존재를 추적하는 데 전념했다.

첫 전생은 황조롱이(1999/9~2001/7, 대만 단수이)였다. 왜 하필 조류로 시작했을까. 하늘을 날고 싶다는 어린 시절의 꿈과 연관이 있나. 날개처럼 팔을 휘저으며 담벼락에서 수없이 뛰어내렸었지.

유리 조각(1978/6~9, 경기도 포천), 매킨토시(1997/1~1999/3, 미국 실리콘밸리), 외장 하드(2028/8, 충청남도 예산 수덕사), 스티로폼(2000/9, 독일 베를린), 우체통(2003/10, 부산 수영동). 무생물로 살 때는 더없이 편안했던 기억이 난다. 상처가 나도 아프지 않았고, 아무리 자학을 해도 스트레스를 받지 않았다. 심지어 삶의 허무도 두렵지 않았다. 다만 죽음, 즉 소멸에 대한 공포는 생물의 배 이상이었다.

전생 중 가장 유명했던 존재는 위노라 라이더(2017/9, 미국 필라델피아)와 스핑크스(1951/11~1960/7, 이집트 카이로). 되돌아보면, 수많은 사람들을 만나느라 그리 행복하지는 않았던 것 같다.

혼란기가 곧 찾아왔다. 그렇지 않을 재간이 있겠는가? 그럼 내가 한때 북미노선을 담당하는 에어프랑스 스튜어디스(2001/12, Geneviève, 27세)였다는 게 믿기나? 내 사타구니 사이에는 약 15센티미터의 생식기가 덜렁거리고 있는데? 나는 대체 누구란 말인가.

나는 우울증에 빠졌다. 죽고 싶었다. 사후세계에서 개구리들에게 시달리는 것이 내가 누구인지도 모른 채 목숨을 부지하는 것보다 낫다는 생각마저 들었다. 급기야 2015년 여름 손목을 그었다. 그러나 약 반년 뒤 현세로 복귀해야 했다. 빌어먹을 응급실 외과 인턴이 나를 살린 것이다.

그래도 그 반년 동안 행복했었다. 나는 블루홀이었다. 태평양 심해 밑바닥에 뚫린 깊숙한 구멍. 아득한 지구의 숨구멍. 얼마나 깊은지 짐작도 되지 않는다. 나는 부에노스아이레스에서 배를 타고 이틀 정도 거리에 있었다. 행복을 그렇게 오랫동안 누린 것은 생애 처음이었다. 잠든 거북이처럼 가만히 있어도 미래가 두렵지 않았다. 진종일 부드러운 바닷물이 기분 좋게 간지럽혀주었다. 나는 마음 놓고 웃음을 터뜨렸다. 웃음소리는 어디에도 들리지 않았다. 그 누구의 눈치도 볼 필요가 없었다. 심해어의 섬세한 호흡을 느끼고 해초의 우아한 몸짓을 보는 것만으로도 환희가 북받쳐 올랐다. 불순한 잡념들은 구멍으로 흘려보내고 정화된 감정들로만 나를 채웠다. 나는 행복으로 충만했다. 난파선이 구멍을 가로막을 때까지. 염병할 난파선.

기숙사

나는 미용전문학교 기숙사 관리인이었다. 기숙사는 일산 외곽에 위치해 있었다. 식당, 편의점, 카페 같은 건 전무했고, 으스스한 분위기를 풍기는 야산만이 기숙사 뒤편에 자리 잡고 있었다. 산중턱에는 공동묘지가 있었는데 명절에도 찾아오는 사람이 드물었다. 버스를 타고 공동묘지 입구를 지나쳐서 30분쯤 들어가면 군부대도 있었다. 시체. 군인. 미용사 지망생. 미용 가위까지 흉기로 치면, 모두 죽음과 관련된 이들이 이 구역을 점유하고 있었다.

내 소속은 학교가 아니라 용역업체였다. 학교는 비용 절감을 이유로 기숙사 담당 직원을 채용하는 대신 용역업체를 선정했다.

나는 남학생들이 기거하는 건물 중 하나를 관리했다. 내가 관리하는 학생은 총 60명. 독방, 2인 1실 각각 20호실이었다.

평일에는 기숙사 관리실에서 숙식했다. 관리실은 지하 보안실에 딸려 있었다. 비좁고 지저분했지만 나는 이 공간이 마음에 들었다. 눈을 붙일 수 있는 간이침대도 있었고 낡았지만 쓸 만한 책걸상도 있었다. 무엇보다 조용해서 글쓰기에는 제격이었다. 쓰는 건 적성에 맞았다. 돈도 들지 않았고 남을 의식하지 않아도 되니까. 어느새 나는 쓰는 행위 자체에 집착하고 있었고, 전생뿐만 아니라 보고 듣고 느낀 모든 걸 기록하고 있었다.

기숙사에서는 아무 일도 일어나지 않았다. 미용사가 되기 위해 값비싼 등록금을 내고 사설 미용학교에 입학한 학생들은 대체로 규정을 준수했다.

나는 학생들과 교류하지 않았다. 학생들은 단말기에 지문을 입력하며 출입했고, 외박은 인트라넷으로 신청했다. 나 역시 끼니는 관리실에서 해결했고, 택배나 우편은 새벽 순찰을 돌 때 방문 앞에 두었다. 가끔 변기가 막혔거나 보일러가 고장 났다는 연락이 왔을 때를 제외하곤 학생들과 말을 섞을 일도 없었다. 운 좋을 땐 일주일간 한 명도 맞닥뜨리지 않았다.

업무는 간단했다. 오전 일과 비품 보고. 오후 일과 인원 보고. 하루에 두 번만 보고하면 된다. 이밖에는 간단한 잡무뿐이었다.

나는 혼자 일했다. 나머지 두 개 동과 여학생 기숙사를 관리하는 직원은 누군지도 몰랐다. 배려한답시고 눈치를 보거나 불필요한 대화를 나눠서 감정을 소모하지 않아도 되니 체력이 비축되고 저절로 삶의 질이 올라갔다.

사실 다른 건 아무래도 좋았다. 일과가 끝나면 방해받지 않고 전생을 연구할 수 있어서 감사할 따름이었다. 나는 시행착오 끝에 좀 더 효율적인 방법을 개발했다. 나를 부정하는 것. 다른 존재였던 전생을 떠올리기 위해서는 지금 현재 나라는 존재를 지워야 했다. 전생이 끼어들 자리를 마련한달까. 그때 전생은 좀 더 가까이 다가왔다.

자기부정은 생각보다 어려웠다. 나는 걸핏하면 나로 되돌아오곤 했다. 조금씩 나아지긴 했지만 여전히 실패 확률이 높았다. 아래는 실패의 흔적이다.

국적 : 대한민국

성별 : 남

생년월일 : 1985년 11월 30일

학력 : 대졸

병역 : 공군 병장 만기제대

직업 : 기숙사 관리인(파견직)

종교 : 무교

키/몸무게 : 178cm/70kg

IQ : 149

기타 : 소음인, 사수자리

나를 객관화한 자료다. 나를 부정하기 위해서는 우선 나를 파악해야 한다. 신체조건은 좀 더 세분화 할 수 있을 것 같다. 검은색 직모. 귀 둘. 눈 둘(라식 수술). 코 하나. 입 하나. 생식기 하나(포경 수술). 팔 둘. 손가락 열. 다리 둘. 발가락 열.

나를 어떻게 버릴 수 있을까. 어떻게 빠져나올 수 있을까.

일단 사람이라는 테두리에서 벗어나볼까. 그런데 생각하면 생각할수록 나는 완벽한 사람이다. 남자라는 한계가 있고, 국적이라는 한계가 있지만, 그렇기에 더 완벽한 사람이다. 사람이란 존재는 완벽할 수 없으니까 완벽하지 않은 나는 역설적으로 완벽한 사람이다.

자화상이다. 보는 바와 같이 나는 정상적인 신체 구조를 갖고 있는 정상적인 사람이다. 그럼 뭐가 되나 사지를 절단해보자.

　나는 사지가 절단된 사람이다. 사지가 아니라 눈, 코, 입을 없애도 사람이긴 마찬가지다.

　과학적으로 사람은 전생과 부활을 경험하지 못한다. 나 역시 어떻게 하든 사람이므로 전생과 부활을 경험할 수 없는 존재다. 그러니까 전생이나 부활은 망상이다.

　아무리 나를 떨쳐버리려고 해도, 나는 사람으로, 나로 되돌아온다. 나는 영원히 나다. 생각이 여기까지 이르자, 왠지 외로워진다.

　괴물이라도 돼볼까. 치아를 드라큘라처럼 날카롭게 만든다. 날개를 달아준다. 돌연변이 강아지 친구도 만들어주었다. 강아지 이름은 로로. 로로, 잘 부탁해. 사람들은 내게 손가락질할 것이다. 저 사람, 왜 저리 우스꽝스러운 분장을 하고 다녀?

덕목

예절. 도덕. 사랑. 우정.

인간이 숭배하는 덕목들. 이런 단어들을 떠올리면 마음이 무거워진다. 인간이길 포기하려는 내 자신이 파렴치범처럼 느껴지니까.

절예. 덕도. 랑사. 정우.

나는 그 덕목들을 거꾸로 발음해본다. 휴머니즘을 훼손하는 죄책감이 들지만 한편으로는 홀가분해진다. 나를 내팽개치는 느낌. 전생이 눈앞에 다가온 것 같은, 언제라도 나를 홀홀 털어버리고 다른 존재가 될 수 있을 것 같은 감각.

다른 말도 연습해본다.

요세하녕안. 다니랍바 기시하복행. 다니습갑반.

나는 말을 거꾸로 하는 사람이다.

래할구친 랑나?

인종갈등

인종갈등에 관심이 생겼다. 내가 열여섯 살 흑인 소년 루스 주니어였다는 걸 기억해낸 뒤였다. 루스 주니어는 브루클린 빈민가 출신으로, 한평생을 백수로 산 루스 시니어의 막내아들인데, 무단결석으로 퇴학당한 뒤 백인 중산층만 골라 폭행했다. 나는 떠오르는 장면들을 적어 내려갔다.

우리 가난은 백인들의 탓.

첫 문장.

내 꿈은 흑표범단처럼 백인들을 혼내주는 것.

이건 그 다음 문장.

다 죽어, 새하얗게 질린 새끼들!

마지막 문장.

루스 주니어에 의하면 모든 소설이 엿같지만, 그나마 엿같지 않은 소설이 《앵무새 죽이기》다. 나는 기숙사 도서관에서 《앵무새 죽이기》를 빌렸다. 《앵무새 죽이기》를 다 읽은 뒤, 인종갈등과 관련된 다른 책도 찾아 읽었다. 결론은 모두 같았다. 결론 : 인간은 인간을 경멸한다.

어느 순간 깨달았다. 인종갈등은 교육 따위로 해결될 문제가 아니다. 외려 지성에 반하여 해결해야 한다. 뭐라고 불러야 할까. 아, 자기암시가 적당하겠다. 나는 이 방법을 전생을 더듬으며 터득했다. 설명하자면, 자기암시는 자기부정의 다음 단계로, 자기부정을 통해 전생의 대상을 설정한 뒤 감정이입하기 용이하게 해준다.

적당한 게 뭐가 있을까. 그래, 성냥개비가 곁에 있다고 치자. 나는 성냥개비다.

그 다음엔 이렇게 중얼거리며 본인이 성냥개비라고 상상한다. 전생에 성냥개비였다는 듯 확신을 갖고. 그럼 성냥개비의 생애가 영화 몽타주처럼 눈앞에 펼쳐진다.

나는 성냥개비다.

성냥개비의 생애가 흐릿해질 때 즈음, 소리 내 중얼거리며 상상을 확장해보자. 익숙해지면 굳이 중얼거리지 않아도 되는데, 그 전까진 우스꽝스럽게 여겨지더라도 소리 내길 권한다.

나는 성냥개비다.

다시 중얼거려보자. 성냥개비의 생애가 재차 선명해진다. 그럼 나는 성냥개비였던 것 같다. 어쩌면 지금 성냥개비일지도 모른다는 생각도 든다. 되도록이면 한 번에 불을 붙여줘. 자꾸 부딪히고 긁히면 머리가 타서 고통스러우니까. 오늘 밤은 나방을 불태워 죽일까? 아니면 교회에 불을 질러? 그것도 아니면 네 심장에?

　조금 익숙해졌다면, 자기암시를 인종갈등에 활용해보자.

　나는 백인이다.

　황인종이 중얼거린다.

　나는 흑인이다.

　백인종이 중얼거린다.

　나는 황인이다.

　흑인종이 중얼거린다. 반복하다 보면, 본래 내면에 다른 내면이 안착하게 되고 자연스럽게 낯선 피부색을 받아들이고 이해하게 된다. 레이시스트들이 차분하게 자기암시만 했다면 역사적 비극들은 벌어지지 않았을지도 모른다.

　이번엔 구체적인 상황을 만들어볼까.

　엄마, 저 흑인이 됐어요!

　황인종 꼬마가 외친다. 꼬마는 햇빛에 그을린 듯한 까무잡잡한 피부색을 갖게 된다.

　엄마, 전 앞으로 흑인 60%와 백인 20%, 황인 20%가 섞인 사람이에요.

　한층 더 세밀하게 적용할 수도 있다.

그래, 착하다 얘야. 구릿빛 피부가 건강해 보이는구나. 짜잔! 엄마는 백인이란다!

황인종 엄마가 말한다. 엄마의 피부가 석회처럼 하얗게 질리기 시작한다. 꼬마는 생전 처음 보는 엄마의 하얀 피부에 전혀 놀라지 않는다. 엄마와 꼬마는 포옹하고 웃고 떠든다. 손을 잡고 빙글빙글 돈다. 하나로 섞인다. 물감놀이를 하는 것처럼 서로 다른 피부색이 어우러진다.

얘야, 아빠 왔다!

그때 문을 열고 초록색 피부를 지닌 아빠가 등장한다.

괴물이다!

엄마와 꼬마가 동시에 외친다.

중독

나는 예기치 못한 상황에 직면했다. 어느덧 자기암시 중독자가 된 것이다. 처음에는 전생을 되새기느라 그러는 건지 다른 존재가 되고 싶어서 그런 건지 구분되지 않았다. 그러나 언제부턴가 확실히 전생 탐구는 뒷전이었다. 나는 끊임없이 변신했다. 필요에 따라 의식적으로 변하는 건 기본이고, 더 많은 횟수로 나도 모르는 사이 의도치 않은 존재들이 됐다. 급기야는 변신을 제어할 수 없는 지경에 이르고 말았다.

나는 오렌지다. 나는 광인의 두근거림이다. 나는 염소의 내장이다. 나는 샴쌍둥이의 샴쌍둥이다.

나는 오렌지가 돼서 껍질이 벗겨졌고, 광인의 심장이 돼서 쉴 새 없이 두근거렸다. 염소의 내장은 생각보다 아름다웠다. 근데 샴쌍둥이의 샴쌍둥이는 대체 뭐지?

개구리

작업을 방해하는 골칫덩이가 하나 생겼다. 그는 용역업체에서 나온 관리인이었다. 그러니까 나를 기숙사 관리인으로 고용한 용역업체가 나를 관리하기 위해 고용한 관리인.

나는 관리인을 개구리라고 불렀다. 그렇다고 그의 얼굴이 개구리처럼 생긴 건 아니었다. 개구리를 닮은 건 그의 유두였다. 나는 살아생전 그렇게 커다란 유두를 본 적이 없었다. 조금 과장하면 일반 성인 남성의 열 배 정도는 두툼했다. 나는 그의 유두를 보는 순간 곧바로 개구리를 떠올렸다. 정확히 말하면 개구리의 돌출된 눈 말이다. 관리인이 사후세계에서 미친 듯이 울어대던 개구리 중 하나일지도 모른다고 생각하니 소름이 돋았다. 원수 같은 개구리. 여기까지 쫓아오다니. 전생에 무슨 악연이길래.

나도 개구리의 유두를 보고 싶어서 본 게 아니었다. 언제부턴가 개구리는 관리실에서 짝짓기를 하기 시작했다. 개구리가 관리실에 정체 모를 사람들을 데리고 오면, 나는 관리실을 내줘야 했다. 처음에는 호기심이 동해서 관리실의 가구나 사무용품이 돼 그 광경을 훔쳐봤다. 개구리는 특이한 방식으로 섹스를 했다. 유두가 생식기 역할을 하는 것 같았다.

유두의 자극을 통해 절정에 이르는 것이었다. 그 끔찍한 광경을 목격한 뒤, 나는 개구리가 오는 기척이 조금이라도 들리면 공동묘지로 내뺐다.

개굴. 개굴. 개굴. 개굴.

공동묘지를 빙빙 돌고 있으면 개구리가 제 몸집보다 커진 유두를 짊어진 채 울부짖는 광경이 떠올랐다. 그럼 상대는 어떤 소리를 낼까? 내가 사후세계 절벽에 매달려서 그랬던 것처럼 차라리 죽여달라고 외칠까.

어느 날은 개구리가 낯익은 자를 관리실에 데리고 왔다. 그는 바로 304호 학생이었다. 몸집이 우람하고 키가 커서 어디서나 눈에 띄는 학생이었다. 그 누구도 깔볼 수 없는 강인한 육체와 타고난 힘을 동경해왔던 나로서는 내심 그가 부러웠는데, 그는 비대한 몸이 창피한 듯 숨어다니곤 했다. 가끔 마주쳐도 우울한 표정을 짓고 있어서 괜히 나까지 불행해졌던 기억이 난다.

맞다! 그 학생이 웃는 것을 본 적이 있었다. 기숙사에 막 취직했을 때였다. 야간 순찰을 돌고 있었는데, 그 학생이 산책로에서 나체로 달리고 있었다. 나는 숨어서 그 광경을 지켜봤다.

이봐, 뚱땡이.

학생은 산책로를 달리며 이렇게 외쳤다.

왜 사냐? 그렇게 뚱뚱한 건 네가 삶을 유기하고 있다는 증거야.

학생이 자학했다. 나는 그가 왜 그러는지 궁금했다.

이봐, 뚱땡이, 당장 죽어버려.

그래서 나무 뒤에서 이렇게 외쳐봤다. 학생은 두리번거렸고, 나뭇가지를 주워들었다.

귀신까지 나를 놀리는구나. 그래, 난 죽어야 돼. 당장.

학생은 나뭇가지로 자신의 몸을 때리며 미친 듯이 웃기 시작했다. 그 이후 나는 그 학생의 웃음을 두 번 다시 보지 못했다. 그날도 개구리에게 끌려온 학생은 웃음기 하나 없이 잔뜩 주눅들어 있었다. 개구리는 고압적 태도로 학생 앞에서 있었다. 이야기를 들어보니 학생이 이번 학기 기숙사 비용을 미납한 모양이었다. 개구리는 기숙사비를 언제 낼 거냐고 다그쳤다. 학생은 다 죽어가는 목소리로 본가가 마산인데 자취할 형편이 안 된다고, 졸업이 코앞인데 지금 나가면 죽도 밥도 안 된다고, 어떻게든 돈을 마련해볼 테니 시간을 달라고 애원했다.

걱정하지 마. 내가 명단에서 빼둔 상태니까.

개구리가 인자한 표정으로 돌변했다.

감사합니다.

학생이 고개를 조아렸다.

그럼 벗어.

개구리가 학생의 말을 잘랐다.

네?

옷 벗으라고.

개구리가 지시하듯 말했다. 학생은 어쩔 줄 몰라 했다.

공짜로 뒤를 봐준 줄 알았어? 옷 벗고 돼지 흉내를 내봐. 그럼 이번 학기는 아예 눈감아 줄 수도 있으니까. 나 정도 직책이면 그 정도는 식은 죽 먹기거든. 기회가 왔을 때 잡아. 네게 혜택을 주는 거니까. 너는 내 어린 시절을 기억나게 하거든. 불행에 중독된 채 끝없는 나락으로 떨어졌던 그 시절 말이야. 그래서 위기를 극복하도록 도와줘야겠다는 생각이 들었어. 학교에 보고가 들어가는 순간 넌 끝이야. 퇴실에 퇴학.

아무리 그래도 돼지 흉내는……

학생이 얼버무렸다.

그냥 운이 좋아서 넘어간 줄 알았지? 양심도 없네.

개구리가 냉소했다. 학생은 입을 달싹거릴 뿐 아무 말도 하지 못했다.

내 마음에만 들면 장학금을 받을 수 있도록 추천해줄지도 몰라. 학교 이사장이랑 막역한 사이거든.

개구리가 말했다. 학생은 장학금이라는 말에 관심을 보이며 개구리의 눈을 바라봤다. 개구리는 눈을 찡긋했다.

부끄러울 테니 나도 벗을게.

개구리가 옷을 벗기 시작했고, 곧 나신이 됐다. 뱃살처럼 출렁이는 유두가 드러났고, 학생은 위압감을 느낀 듯 뒤로 물러났다.

괜찮아, 긴장하지 말고 벗으라니까.

개구리가 학생에게 다가갔다. 학생은 잠시 주저하더니 옷을 벗었다. 학생의 나체는 상상했던 그대로였다. 배꼽 근처에 있는 손바닥만 한 크기의 흉터만 빼고. 가만히 보니 흉터는 날개 형상이었다.

따라해봐. 꿀, 꿀, 꿀, 꿀.

개구리가 학생의 뱃살을 툭툭 건드리며 말했다. 학생이 견디기 힘든 표정으로 몸을 뒤틀었다.

가만히 있어봐. 어라, 여기 날개가 있었네?

개구리가 흉터를 어루만졌다.

날갯짓 한번 해볼래? 너처럼 무거운 놈도 날 수 있나?

개구리가 날갯짓하는 시늉을 하며 키득거렸다. 학생의 얼굴이 달아올랐다.

날개가 있으니 널 천사라고 불러야겠어. 천사, 천사, 아주 마음에 들어.

개구리는 천사라는 별명을 짓고 스스로 흡족해했다. 천사는 수치스러운 듯 흉터를 가렸다.

천사, 날갯짓은 됐고, 이거나 얼른 따라해봐. 꿀. 꿀. 꿀. 꿀. 나는 돼지 미용사다. 좋은 말로 하는 건 이게 마지막이야.

개구리가 별안간 정색했다.

꿀. 꿀. 꿀. 꿀. 나는 돼지 미용사다.

천사가 마지못해 조그만 목소리로 따라했다. 천사의 돼지 흉내에 흥분했는지 개구리의 유두가 부풀어오르고 있었다.

자, 몸 좀 풀렸지? 지금부터 마음껏 돼지 흉내를 내보는 거야. 오케이?

그럼 장학금을 받을 수 있나요?

이제 말이 좀 통하네.

개구리가 고개를 끄덕였다. 천사는 마른침을 삼켰다.

이렇게 하면 되나요? 꿀꿀.

천사가 손으로 코를 올려 돼지 코를 만들었다.

좀 더 자신감 있게!

개구리가 박수를 쳤다. 천사는 뭔가를 결심한 듯 입술을 꽉 다물더니 자리에 엎드렸고, 네 발로 기어다니며 하얗고 통통한 엉덩이를 흔들었다.

잘하네!

개구리는 천사를 부추겼다. 천사는 한술 더 떠 여기저기 오줌도 싸고 그 위에서 뒹굴기도 했다. 개구리는 손짓으로 천사를 불렀다. 천사는 개구리 곁으로 다가왔다.

꿀꿀.

천사가 개구리의 무릎에 얼굴을 비볐다. 개구리는 천사를 내려다봤다. 천사는 미소를 지었다. 개구리는 천사의 머리채를 움켜잡았다. 천사가 영문을 모른 채 개구리를 올려다봤다. 개구리는 천사의 뺨을 때렸다. 천사의 눈에서 눈물이 몇 방울 흘러내렸다.

천사, 나는 네게 돼지의 모든 걸 요구한 게 아니야. 배설물을 싸는 추잡한 짓은 혼자 있을 때나 하라고. 나는 네게 오동통한 돼지, 반짝반짝 빛나는 살구색 돼지, 주인님께 엉덩이와 꼬리를 살랑살랑 흔드는 돼지, 그런 돼지의 귀여운 면만 요구한 거라고. 기억해둬. 미용사가 되려면 손님의 요구가 무엇이든지 상냥하게 응해야 해. 연습이라고 생각해. 다 네 미래를 위해서야.

개구리가 말했다. 천사는 넋이 나간 표정으로 고개를 천천히 *끄덕였다.* 그제야 개구리의 말을 완전히 이해한 것 같았다. 개구리는 천사의 몸에 유두를 문대기 시작했다. 천사는 눈물을 닦더니 돼지처럼 쩝쩝거리면서 개구리의 유두를 빨아먹었다.

그날 나는 개구리가 갑작스럽게 들이닥치는 통에 미처 달아나지 못했고, 본의 아니게 벽걸이 거울이 돼 모든 상황을 지켜봐야만 했다. 천사가 방으로 돌아간 뒤 개구리가 내 앞에 섰다. 더 적나라하게 그의 육신이 보였다. 두드러지게 불거진 유두를 제외하면 전형적인 중년 아저씨의 육체였다. 머리는 듬성듬성 빠져 있었고, 거무죽죽한 얼굴에는 피곤한 기색이 흠뻑 묻어 있었다. 천사 못지않게 배가 나와 있었고, 둔부와 가슴도 볼품없이 축 늘어져 있었다. 개구리는 천사와 함께 있을 때와 달리 침울해 보였다. 나는 군이 알고 싶지 않았던 진실을 목격한 것처럼 불편했고, 구역질이 날 것 같아서 눈을 감아버렸다. 시간이 흘렀다. 조용하길래 갔나 했더니 어느 순간 우는 소리가 들렸다. 나는 뭔가 싶어 실눈을 떴다. 개구리가 내 앞에서 질질 짜고 있었다.

혼자 있으니까 하는 말인데, 나는 비아그라를 먹지 않으면 발기도 잘 안 돼.

그가 자신의 성기를 흔들었다. 성기는 곤두서는 듯하더니 금세 힘이 빠져서 축 늘어졌다.

여기에서만 큰소리치지, 다른 데 가면 찍소리도 못한다고. 권한은 무슨. 사실 언제 잘릴지도 모르는 비정규직 신세란 말이야. 천사도 어떻게 한번 해보려고 명단에서 누락시켰는데, 들키면 당장 내쫓길걸. 설마 학교 이사장이 나랑 놀아 주겠어? 그게 말이 되냐고. 멍청한 놈들이나 속지. 이 배 좀 봐. 돼지는 바로 나야.

개구리가 자신의 배를 꼬집어 올리며 처지를 한탄했다. 그리고 돼지처럼 엎드렸다.

꿀꿀꿀꿀. 나는 돼지다.

그가 중얼거렸다.

고요

나는 고요였다. 다툼 후의 고요. 사랑을 나눈 뒤의 고요. 모두 잠든 뒤의 고요. 맑은 하늘을 바라볼 때 찾아드는 고요. 비가 그치고 나서 잠시 존재하는 고요. 달력을 넘기는 순간 느껴지는 고요. 한숨 쉰 다음의 고요. 흔히 고요란 상대적인 것으로 생각된다. 소란이 있고 나서 고요가 존재한다. 그러나 완벽한 고요란 절대적인 것이다. 나는 절대적인 고요 그 자체였다. 설 자리가 별로 없었다. 완벽하게 고요한 순간은 좀처럼 주어지지 않는다. 고요의 주적은 인간이고, 인간이 존재하지 않는 곳은 없으니까. 인간에게는 소리를 감출 능력이 없다. 소금쟁이처럼 살금살금 물 위를 미끄러지는 능력도, 퓨마처럼 소리 죽여 나무를 타는 능력도, 모기처럼 소리 없이 피를 빨아먹는 능력도 없다. 인간은 불필요하게 소리를 생산한다. 누군가 눈을 끔뻑이기라도 하면 나는 의지와 상관없이 사라져버린다. 살갗이라도 긁으면 증발해버린다. 잔기침이라도 하면 숨이 잦아든다. 대신 나는 절대적인 고요가 필요하면 어디든지 순식간에 이동하는 능력이 있다. 기억에 남는 건 혼수상태에 빠진 환자의 꿈속이다. 죽음을 앞둔 환자의 꿈엔 소리가 없다. 그는 먼 바다를 향해 걸어나가고 있었다. 곧 물에 잠겼지만 아무 소리도 내지 못해서 아무도 그가 죽어가고 있는지 알 수 없었다. 대신 비명이라도 질러주고 싶은 심정이었지만 나는 발성기관이 없다. 소리는 희망이다. 희망이 없으면 소리부터 소멸한다. 의문 하나. 언젠가 나는 텔레비전을 보는 아이 곁에 머문 적이 있었다. 자정이 넘은 시간이었고, 가족들은 잠들어 있었다. 텔레비전은 음소거였고, 학교 폭력을 다룬 다큐멘터리가 흘러나오고 있었다. 왜 나는 아이가 우는 소리가 들렸는데도 곁에 있었지? 아이가 엄마 엄마 무서워 하고 소리 내 울었는데 말이야.

거북이

개구리는 천사만 갖고 놀기 지겨웠는지 310호 학생도 괴롭히기 시작했다. 처음에는 유명한 헤어디자이너의 어시스턴트로 취직시켜준다며 유혹하다가 그래도 통하지 않으니까 미용계에 발도 들이지 못하게 한다며 협박도 했다. 310호 학생은 결국 굴복하고 말았다. 개구리는 다부진 근육질 체형인 그 학생을 장군이라고 불렀다.

장군님, 장군님, 우리 장군님.

개구리가 학생의 근육에 유두를 문대며 부리는 교태는 가관이었다.

내 생각은 달랐다. 나는 장군보다 거북이가 그에게 더 잘 어울리는 별명이라고 생각했다. 등껍질처럼 단단한 외양과 속살처럼 연약한 마음을 지닌 거북이.

어느 날, 짝짓기를 피해 공동묘지를 배회하다가 돌아와보니 개구리는 없고 거북이만 침대에 걸터앉아 흐느끼고 있었다.

무엇이 되어드릴까요?

위로해줄 말을 찾고 있을 때, 거북이가 덜덜 떨면서 물었다.

의자

자정이 지난 시각이었다. 누군가 관리실 문을 두드렸다. 흔치 않은 일이었다. 나는 불안한 마음으로 문을 열었다. 낯익은 학생이 엉거주춤 서 있었다. 다른 건 흐릿하고 코만 코뿔소처럼 우뚝 솟아 있는 얼굴. 304호, 천사의 룸메이트였다. 나는 무슨 일이냐고 물었다. 코뿔소는 룸메이트가 일주일째 보이지 않아서 걱정된다고 말했다. 학교도 결석하고 방에도 없고 전화도 안 받는다고 했다. 나는 인트라넷에 접속해 외박부를 살펴봤다. 이 기록이 맞다면, 천사는 지난 일주일 동안 기숙사에만 있었다.

방에 있어요.

내가 말했다.

네?

친구 분은 방에 있다고요.

제가 그 방에서 사는데요? 일주일 동안 못 봤다니까요.

코뿔소가 의심이 가득한 눈으로 나를 바라봤다.

304호에 들어가자 천사가 바로 보였다. 천사는 책상 앞에 앉아 벽면을 응시하고 있었다. 뭐에 그리 집중하고 있는지 우리가 다가가도 알은척도 하지 않았다.

봐요. 아무도 없잖아요.

코뿔소가 말했다. 코뿔소의 눈에는 천사가 보이지 않는 모양이었다.

안 보여요?

내 눈엔 보였다. 천사가.

네? 뭐가요?

저기 있는데 몰랐어요?

나는 책상 쪽으로 고갯짓을 했다. 코뿔소가 그 방향을 바라봤다.

대체 무슨 말이에요?

코뿔소의 동공이 흔들렸다. 코뿔소가 알아보지 못하는 건 당연했다. 천사는 책상 의자가 돼 있었다. 고동색 나무 의자. 원목이 아니라 합판에 구리스 칠이 돼 있지. 냄새만 맡아봐도 싸구려인 걸 알 거야.

이 의자가 친구 분이라고요.

나는 의자를 매만지며 말했다. 피의 흐름이 희미하게 느껴졌다. 맥박도. 두근두근. 심장 박동도. 아직 완벽한 의자가 되지는 못한 것 같았다.

네?

못 믿겠으면 한번 만져보세요.

나는 의자 팔걸이를 만졌다. 시멘트처럼 단단했다. 그 아래 연약한 속살을 코뿔소가 느낄 수 있을까? 코뿔소는 의심 섞인 눈을 거두지 않고 있었다.

한번 만져보라니까요.

나는 코뿔소에게 손짓했다. 코뿔소는 조심스럽게 천사의 팔에 손을 올렸다.

어떤가요?

지금 저 놀리세요?

코뿔소가 노기를 띠었다. 과연.

나는 책상 위에 있던 커터 칼로 팔걸이를 그었다. 기스가 나나 싶더니 핏방울이 살짝 맺혔다. 코뿔소의 입에서 탄성이 새어나왔다. 아플 텐데 천사는 비명조차 지르지 않았다. 꽤 세게 그었는데 아팠지? 왜 참았어?

봤죠? 제 말이 맞죠?

내가 물었다. 코뿔소는 사색이 돼 줄행랑을 쳤다. 다시 천사의 방은 조용해졌다. 나는 의자에 앉았다.

아, 무겁다.

천사가 중얼거렸다.

너도 터득했구나. 그런데 아직 백 퍼센트 의자는 아니구나.

그래도 잘 생각했네. 돼지를 거부한 건 탁월한 선택이야. 개구리는 의자의 차가운 피부에 유두를 비비기를 꺼릴 거야. 조금만 더 버텨서 완전한 의자가 된다면, 장담하건대 개구리에게서 벗어날 수 있을 거야.

나는 천사를 위로했다. 천사가 고개를 끄덕이는 것처럼 몸을 움직였다. 삐거덕삐거덕 소리가 났다. 나는 자리에서 일어났다.

아, 가볍다.

천사가 소곤거렸다.

죽은 척

잠깐, 전생을 겪고 부활을 하는 문제는 일단 넘어가죠. 초현실이니까요. 그런데 이건 대체 무슨 말입니까? 환자 분이 현실에서, 그러니까 21세기 대한민국 서울에서 버젓이 다른 존재가 된다고요? 자유자재로요? 거울이 돼 알몸이 된 직장 상사를 목격했다고요? 왜 그렇게 생각하십니까? 환자 분은 환자 분 본인이며 명백한 사람입니다. 고민하지 마세요. 다른 생물이나 사물이 아니라고요. 생물학적으로도, 형이상학적으로도 환자 분은 환자 분 본인입니다. 제가 보장합니다.

정신분석의가 말했다.

선생님이 보장한다고 해서 제가 안심할 거 같아요? 그렇게 간단한 문제였으면 선생님을 찾아오지도 않았습니다. 인정합니다. 제 탓입니다. 전생을 들여다보는 데 재미가 들려서 자기부정이니 뭐니 별의별 짓을 다 했거든요. 제 무덤을 제가 판 꼴이죠. 그렇게 자기암시가 시작된 거예요. 맞아요, 처음에는 즐겼다고 하는 게 맞겠군요. 얼마나 신기합니까. 초능력을 쓰듯 다른 존재가 되다니. 되돌아보면, 한동안 나를 방치했던 것 같아요. 언제부턴가 통제가 불가능했죠. 점점 두려워지기 시작했어요. 이러다가 영영 나로 되돌아오지 못하면 어쩌지. 내가 싫지만 내가 좋거든요. 천사가 의자가 된 뒤로 두려움은 증폭됐습니다. 나만 그런 게 아니었네. 이러다가 이 세상이 엉망진창이 되면 어쩌지. 이 세상을 증오하지만 이 세상을 사랑하거든요. 그러니까 해결책을 제시해주세요. 더 이상 개구리의 알몸도 보고 싶지 않고, 천사도 동정하고 싶지 않아요. 전생탐구고 자기암시고 나발이고 모두 지긋지긋해요. 전 제가 되고 싶습니다. 오로지 제가 되고 싶습니다!

쉽게 말해 환자 분은 환각을 보고 계신 겁니다. 찬찬히 생각해보세요. 상식적으로 천사라는 분이 의자가 된다는 게 말이 됩니까? 여행이라도 간 거 아닐까요? 아니면, 집안에 피치 못할 사정이라도 생겼든지요. 암만 봐도 급하게 가느라 외박 신고를 하지 못한 것 같은데, 어떻게 생각하세요?

환각이요? 언짢군요. 그럼 제가 헛소리를 하고 있단 말입니까? 제 변신도 모조리 환각이라는 겁니까? 좋아요. 제가 언제 어디서나 저라고 가정해봅시다. 그럼 개구리는 제가 있는데도 벌거벗고 추잡한 짓거리를 했다는 건데, 저를 의도적으로 무시한 겁니까? 저를 사람 취급하지 않았단 말입니까? 제 시선 따위는 아무것도 아니라는 겁니까? 맞아. 말하고 보니 기억나요. 다른 사람들은 예나 지금이나 저를 무시했어요. 개새끼들! 빌어먹을 개새끼들! 다 뒈져라!

반복해 말하지만 모든 이상 현상은 환자 분 머릿속에서만 일어나고 있을 확률이 높아요. 흥분하지 마세요. 차분하게 심호흡하고.

정신분석의가 한숨을 쉬며 말했다. 나는 심호흡을 하며 흥분하지 말자 흥분하지 말자 되뇌었다.

어느 정도 안정을 되찾은 거 같군요. 실례가 안 된다면 제가 환자 분을 분석해도 될까요?

정신분석의가 물었다. 온화한 표정이었다. 나는 침을 꿀꺽 삼키고 고개를 끄덕였다.

보아하니 트러블의 근원은 환자 분께서 방금 하신 말, 그러니까 무시라는 단어에서 찾을 수 있을 것 같군요. 본인이 본인이라는 확신을 갖지 못하고, 변신, 자기부정, 자기암시를 일삼는 건, 본인이라서 무시당한다는 피해의식이 원인인 것 같습니다. 자살중독에서 한 발자국 더 나아간 것이죠. 따지자면, 전생과 부활도 뇌에서 일으킨 착각으로 추정할 수 있을 것 같습니다. 환자 분은 자신에게서 달아나고 싶은 거예요. 기억해두세요. 누구도 환자 분을 무시하지 않아요. 사전 상담 내용을 기반으로 한 합리적인 판단이니 화내지 말고 잘 들어보세요. 환자 분은 이 나라에서 지극히 정상이에요. 한국에서 태어난 한국인이라고요. 사지도 멀쩡하고 외모도 평균은 돼요. 환자 분 정도의 외모 콤플렉스는 누구에게나 있죠. 키도 평균보다 큽니다. 외모를 중시하는 한국인에게 이건 엄청난 어드밴티지라고요. 게다가 평생을 차별 없이 자란 남자. 대출을 끼긴 했지만 수도권에 30평형 아파트를 소유한 부모. 국가에서 지정해준 교육과정을 문제없이 수료했고, 서울 소재 4년제 대학교를 졸업했어요. 군대도 다녀왔죠. 취업난도 심각한데 취직해서 돈도 벌고 있죠. 게다가 결혼까지 했었더라고요.

잠깐, 결혼 이야기는 하지 맙시다.

그러죠. 그럽시다. 아무래도 민감한 이야기니까요.

그가 팔짱을 낀 채 내 앞을 왔다 갔다 거린다. 그는 마흔 살가량의 통통한 황인종이고 한국인답게 뚱한 표정이 시그니처다. 그도 이 나라에서 지극히 정상이다.

아직 제 말을 못 믿겠죠? 표정이 그렇네요. 머릿속에 상황을 그려봐요. 서울 시내에 있는 어떤 카페에 들어가도 환자 분은 주목받지 못해요. 평범하니까요. 다만 약간의 정신적 문제를 겪고 있을 뿐. 사실 그것도 요샌 정상이에요. 모두가 시달리고 있거든요. 아무나 잡고 물어봐요. 저도 우울증입니다. 공황장애 처방을 받고 약을 복용하고 있어요. 하루에도 몇 번씩 자살 충동을 느낍니다. 정신과에 한번 가볼까봐요. 모두 징징거릴걸요. 자, 생각의 전환이 필요해요. 환자 분에게 관심이 없다는 건 무시당하지 않는 증거라고요. 환자 분을 자신과 같은 존재로 여기기에 관심을 갖지 않는 거거든요.

그가 말을 멈추고 나를 바라본다. 나도 그를 바라본다. 그가 입을 일그러뜨리며 씩 웃는다.

피해의식이 원인입니다. 치료하면 완치될 수 있습니다. 그럼 환자 분은 온전히 본인일 수 있어요. 처방전 써드릴 테니 약을 얼마간 드셔보세요.

정신분석의가 처방을 내렸다. 성의 없는 것처럼 느껴졌고, 화가 났다.

약은 근본적인 해결책이 아닙니다! 중요한 건 제가 도무지 견딜 수 없는 상황이니까 선생님께 온 거라는 사실입니다. 월급의 절반을 선생님께 바쳤습니다! 선생님은 저를 세심하게 보살펴줄 의무가 있어요.

목소리가 높아지는 게 느껴질 정도로 나는 흥분하고 있었다. 정신분석의가 입을 굳게 다물고 고개를 내저었다. 나는 소가죽으로 만든 외투다. 나는 뱃속에 코카인을 넣은 채 냉동된 청어다.

선생님, 방금 저를 무시하셨죠? 고개를 절레절레 흔들며 비웃었죠?

네? 제가 언제요?

제가 하찮게 보이니까 제 인생에 대해 함부로 충고하셨잖아요.

여보세요. 저는 정신분석 전공의입니다. 충고하는 건 제 직업이라고요.

그가 대답했다. 그의 말이 맞았다. 그는 정신분석의였고, 나는 그에게 내 정신을 제물로 바치기 위해 온 것이었다.

좋아요, 환자 분에 대해 좀 더 살펴봅시다. 이 이야기를 하면 되겠군요. 환자 분을 만나기 전 직접 쓰신 글을 살펴봤습니다.

그가 차트를 들추며 말했다.

제 글을 어떻게 보신 겁니까? 사찰이라도 하신 겁니까? 감시하신 거냐고요!

이봐요, 정신 차려요. 제가 환자 분에 대해 알 수 있는 건 뭐든지 필요하다고 하니까 직접 메일로 보내준 것 아닙니까?

아, 그렇군요. 기억납니다. 잠시 잊었습니다.

내가 말했다.

경고합니다. 의사로서 제 행동과 언어를 모독하지 마세요.

경솔했습니다. 주의하죠.

나는 고개를 꾸벅하며 사과했다.

아닙니다. 진료를 하다 보면 그럴 수도 있죠. 다시 글 이야기로 돌아가죠. 글을 읽길 잘한 것 같아요. 환자 분을 파악하는 데 영감을 주었거든요. 앞으로 이 글을 토대로 환자 분을 분석해보고 싶습니다. 피해망상을 극복하는 데 이 글이 열쇠가 될 수도 있을 것 같거든요.

아니요, 글만으로는 부족할 겁니다. 저는 드러내지 않는 게 많습니다. 글과 달리 저는 남성우월주의자이자 인종차별주의자이자 파시스트입니다. 박정희를 구국의 영웅으로 여기고 이승만을 국부라고 생각하지요. 박근혜를 석방하라! 그건 그렇고 지금 제 글이 단순하고 수가 빤히 보인다는 걸 돌려 말하신 겁니까?

그게 무슨 뚱딴지같은 말입니까? 저는 그쪽을 치료하기 위해 노력을 하고 있는 겁니다. 온갖 수단을 강구하고 있다고요. 환자 분은 매사 심하게 꼬여 있군요. 치료하기 전에 꼬인 것부터 풀어야겠어요.

정신분석의는 고개를 가로저었다. 나는 그의 멱살을 잡아 끌어올렸다.

봐요. 비아냥거리고 있잖아요. 선생님도 나를 증오합니다.

나는 그를 내팽개쳤다. 마흔 살가량의 통통하고 뚱한 한국 남자가 바닥에 나뒹굴었다. 한동안 정신분석의는 눈을 뜨지 않았다. 나는 장난치지 말고 그만 일어나라고 말했다. 그런데 정신분석의는 미동도 없었다. 나는 그의 가슴과 코에 귀를 댔다. 숨결이 느껴지지 않았다.

선생님, 선생님! 죽으면 안 됩니다! 저를 치료해주셔야죠!

나는 그를 흔들었다.

환자 분은 운이 좋군요.

그때 그가 눈을 떴다. 그리고 바닥에 손을 짚고 일어났다. 나는 깜짝 놀라서 뒤로 물러섰다. 그는 희미하게 웃고 있었다.

문득 치료법이 떠올랐습니다.

그가 말했다. 나는 그게 뭐냐고 물었다.

죽은 척을 해보시겠습니까?

죽은 척을요?

네, 자리에 누워서 눈을 감고 숨을 멈춰보세요.

왜 그렇게 해야 하죠?

죽은 척은 당신을 당신이라는 사람처럼 보이게 해줄 거예요. 시체. 환자 분의 시체 말이죠.

그가 수상한 일을 벌이듯 목소리를 낮췄다. 나는 좀 더 자세히 말해달라고 했다. 그는 팔짱을 끼고 목을 가다듬었다.

처음에는 그저 지쳐서 눈을 감고 누워 있었어요. 순간 환자 분의 행동이 제 흥미를 끌더라고요. 제 어깨를 잡고 흔들며 죽으면 안 된다고 울부짖던 행동 말이에요. 저는 죽은 척하며 계속 환자 분을 관찰했죠. 환자 분은 제게 치료해달라고 부르짖었어요. 진료 시간 내내 저를 의심하느라 바빴던 환자 분은 그 순간만큼은 저를 정신분석의로 정확히 인식하고 있었죠. 문득 아이디어가 떠올랐어요. 죽은 척을 하면, 환자 분도 본인이 될 수 있지 않을까? 본인으로 인지하는 시선을 느낄 수 있지 않을까? 그게 익숙해지면 자존감을 회복할 수 있지 않을까? 그럼 자아를 되찾을 수 있지 않을까? 이게 약보다 근본적인 치료법이 아닐까?

그가 장광설을 내뱉은 뒤 내 눈치를 살폈다. 나는 그의 말에 대해 생각했다. 곰곰이 생각해보니 꽤 그럴듯하게 느껴졌다.

나는 그 자리에 누웠다. 눈을 감았다. 숨을 멈췄다. 시간이 흘렀다. 숨이 가빴다. 주위는 조용했다. 한참 동안 그렇게 있었다. 아무도 내게 관심을 보이지 않았다. 나는 슬쩍 눈을 떴다. 숨이 막혔다. 정신분석의가 나를 내려다보고 있었다. 한심한 사람을 보는 듯한 표정으로.

왜 선생님은 제게 관심을 보이지 않습니까?

나는 참았던 숨을 가쁘게 몰아쉬며 물었다.

제가 왜 그쪽한테 관심을 가져야 합니까?

정신분석의가 대답했다. 나를 비웃으며. 나는 올빼미의 시

체가 들어 있는 사물함이다. 열기만 담긴 냄비다. 비를 맞아
축축한 유기견이다.

금요일

금요일 일과를 마치면 주말 담당자와 교대를 하고 본가로 향한다. 주로 지하철을 타는데, 금요일이라 그런지 붐비곤 한다. 이번 주도 마찬가지다. 나는 만원 지하철에 올라 승객들을 비집고 들어갔다. 누울 만한 공간이 보였다. 나는 그 자리에 드러누웠다. 승객들이 웅성거렸다. 나는 개의치 않고 눈을 감은 뒤 한동안 시체처럼 누워 있었다. 사위는 거짓말처럼 고요해졌다. 구파발역에 다다랐다는 방송이 나올 때까지 나를 부축해주는 이는 나타나지 않았다.

죽었나?

불광역에 도착했을 때 어떤 목소리가 들렸다. 나는 눈을 꼭 감았다.

아니야, 네 말을 듣고 눈을 꼭 감은 거 봤지? 눈가가 부르르 떨리는 거 보이지? 콧구멍도 벌렁거리는 거 같고. 분명 살아 있는데 죽은 척하는 거야.

다른 목소리도 들렸다. 반응은 그게 끝이었다. 그럴 시간에 좀 일으켜주지.

충무로역을 지난 뒤 슬며시 눈을 떴다. 지하철은 한산해진 상태였다. 빈 좌석도 군데군데 눈에 들어왔다. 몇몇 사람들이 나를 흘긋 보곤 눈을 돌렸다. 나는 조금 더 버텨보기로 하고 다시 눈을 감았다. 나도 모르게 잠이 들었다. 잠에서 깼을 때 지하철은 대치역을 지나고 있었다. 승객들은 여전히 다가오지 않았다. 나는 눈을 뜨고 이리저리 굴러다니기 시작했다. 승객들은 오물이라도 밟은 듯 경멸 어린 표정을 지으며 나를 피해 다녔다. 말 한마디 건네지 않은 채. 나는 악에 받쳐 점점 과감하게 행동했다. 신발을 움켜잡고 다리를 깨물었다. 승객들은 비명을 질렀다. 그때 일원역에 지하철이 섰고, 문이 열렸다. 승객들이 나가고 들어왔다. 나는 문이 닫히기 전 재빨리 문 사이에 들어가 누웠다. 승객들이 술렁거렸다. 문이 닫혔다. 나는 문에 끼었다. 지하철은 정차했고, 내 행동을 저지하는 안내방송이 흘러나왔다.

빨리 출발하고 싶으면 일으켜줘, 씨발놈들아!

내가 외쳤다. 승객들이 일제히 나를 봤다.

욕을 먹으니까 보네.

내가 악을 썼다. 승객들이 뒷걸음질 쳤다.

죽은 줄 알았는데, 눈을 뜨고 있어! 빨갱이다! 종말이 다가오고 있어! 인민군이 남하하고 있다고! 대피해!

노약자석에 앉아 있던 노인이 소란을 피우며 밖으로 뛰쳐나갔다.

저를 가련히 여기시어 구원해주세요, 제발.

내가 애원했다. 여전히 아무도 나를 구해주지 않았다. 나는 자유형을 하듯 바닥을 휘젓고 다니기 시작했고, 승객들은 나를 피하느라 여념이 없었다. 그때 애완동물 가방에 담긴 시추가 보였다. 시추는 날 보더니 으르렁거렸다.

너까지 날 무시할 거야?

나는 손을 뻗어 가방을 붙잡았다. 시추가 나를 경계하며 컹컹 짖었다.

개새끼야! 우리 애기 내놓지 못해!

주인이 으르렁거렸다. 다른 승객들이 다가와 나를 시추에게서 떼어내려고 했다. 나는 가방을 잡고 버텼다. 어디선가 욕설이 들렸고, 누군가 나를 걷어차기도 했다.

감사합니다! 감사합니다!

내가 외쳤다. 힘들게 얻은 관심에 마음이 뭉클했다. 어느 순간 내 손이 시추에게서 떨어졌다. 주인이 시추를 들고 지하철 밖으로 달려나갔다.

왜 119에 신고하지 않습니까! 왜 저를 부축하지 않느냐고요. 인정머리 없는 놈들. 인공호흡이라도 해야 하는 거 아닙니까.

나는 자리에서 벌떡 일어나 성토했다. 승객들이 내게서 멀어져갔다.

　잠시 후 공익근무요원들이 나를 끌고 나갔다. 나는 역무원실에서 주의를 받은 뒤 풀려났고, 집으로 가기 위해 지하철에 올랐다. 승객들은 핸드폰을 보거나 동행자와 대화를 나누고 있었다. 나는 그들 틈에 섰다. 죽은 척을 할 자신도, 구원받을 자신도 없었다.

　나는 눈썹이다.

　나는 구석에 기대 선 채 중얼거렸다.

가족

엄마. 아빠. 나. 우리 가족은 셋이다. 엄마 아빠는 나를 적당히 닮았고 둘 다 예순이 넘었다. 엄마는 대출 이자 걱정을 하느라 잠을 잘 이루지 못했고, 아빠는 아랫니를 몽땅 임플란트 해서 두유만 먹을 수 있었다.

나는 주말 내내 방에서 죽은 척하기로 마음먹었다. 어느덧 시간이 흘러서 토요일이 끝나가고 있었다.

엄마, 나 죽었어. 아빠, 내가 죽었다고!

그날 밤, 내가 외쳤다. 아무도 방을 들여다보지 않았다.

그날 새벽이었다. 엄마가 방문을 열었다. 나는 잠에서 깼는데 눈을 감고 있었다. 엄마가 나를 꼬집었다. 참으니까 더 세게 꼬집었다.

나 죽었다고!

나는 견디다 못해 소리를 질렀다. 엄마가 나갔다. 나는 실패했다. 시체는 고통을 느끼지 않으니까.

다음 주 주말, 나는 또 죽은 척을 했다. 하루가 지나고 이틀이 지났다.

나를 죽여주세요, 제발.

주말이 끝날 무렵 나는 애원했다. 엄마가 들어오더니 밥을 먹으라고 했다. 주말 내내 굶은 터라 군침이 돌았다. 나가니까 식탁에는 카레라이스가 차려져 있었다.

오늘이 저를 죽일 절호의 기회입니다.

그 다음 주 주말, 집에 오자마자 외쳤다. 엄마 아빠는 성지 순례를 가서 주말 동안 집에 들어오지 않았다.

루돌프

나는 연차를 내고 인천공항으로 향했다. 공항만큼 다양한 사람들이 모이는 장소도 없다는 생각이 들었고, 그중 하나쯤은 내게 관심을 보일 거라는 기대감도 들었다.

나는 입국장 인근 화장실로 들어갔다. 팬티만 남기고 옷을 벗었다. 거대한 사슴뿔이 달린 털모자를 뒤집어쓰고 빨간색 식용 물감이 든 캡슐을 입에 넣었다. 화장실 밖으로 나왔다. 입국장에는 수많은 사람들이 오가고 있었다. 나는 입국장 로비에 드러누웠다. 실눈을 뜬 채 주변을 살폈다. 사람들은 간혹 수군거렸지만 그리 큰 관심을 보이진 않았다.

사람 살려!

나는 소리를 질렀다.

사람 살려!

더 크게 소리를 질렀다. 사람들이 다가오기 시작했다. 나는 구조를 요청했다. 외국인들도 다가왔다. 나는 몸을 배배 꼬며 고통스러운 척을 했다. 사람들이 나를 에워쌌다. 괜찮냐고 묻는 사람도 있었다.

저기 봐, 속옷 차림의 사슴이 쓰러졌어.

드디어 내게 관심을 보이는 것 같았다. 나는 눈을 꼭 감았

다. 누가 나를 구해줄까. 누가 나를 나로 인정해줄까. 가슴이
두근거렸다. 그때였다. 누군가 비명을 질렀다. 내 목소리보다
훨씬 컸다. 눈을 떴다. 출입 게이트 근처에 누군가 쓰러져 있
었다. 거리가 좀 떨어져 있어서 인상착의나 성별, 연령은 명확
하게 파악되지 않았다. 다만 간질 환자처럼 거품을 물고 몸
을 부들부들 떠는 게 나보다 훨씬 위급해 보였다. 내 곁에 있
던 사람들이 그에게 몰려갔다. 나도 질세라 비명을 질렀다.
그러자 경쟁자는 아예 악을 썼다. 내 비명은 묻혀버렸다. 주
위를 둘러보니 내 곁에는 아무도 남지 않았다. 입에 든 캡슐
을 깨물어서 피도 뱉어냈는데 본 사람은 없었다. 그사이 구
급대원들이 출동해서 간질 환자를 들것에 싣고 나갔다.

여기 저도 있어요!

간절하게 외쳤지만, 구급대원들은 피를 흘리는 가련한 사
슴을 미처 발견하지 못했다.

시간이 흐르자 사위가 고요해졌다.

이제 내 차례야.

나는 기대를 하며 눈을 감았다. 그 다음엔 힘을 모아 비명
을 질렀다. 인기척이 느껴졌다. 그 사람은 내게 머리를 드밀
었다.

죽은 줄 알았는데 아직 숨을 쉬네.

어떤 목소리가 들렸다. 나는 눈을 떴다. 대여섯 살 정도로 보이는 꼬마였다. 우리는 눈이 마주쳤다. 꼬마는 내 머리에 달린 사슴뿔을 신기하다는 듯 어루만졌다.

엄마, 루돌프가 죽었어! 근데 눈을 뜨고 있어!

꼬마가 외쳤다. 아이 엄마는 어디에 있는지 보이지 않았다.

그래, 애야, 난 죽었어.

내가 속삭였다.

엄마, 살아 있나봐! 루돌프가 말을 해!

아이가 엄마를 향해 소리 질렀다. 여전히 엄마는 오지 않았다. 아이는 내 가슴을 짓밟기 시작했다.

얼른 죽어버려. 뒈져버리란 말이야. 구하러 오기 전에.

꼬마가 중얼거렸다.

모호

　모호, 죽어가고 있는데 누구도 나를 구해주지 않았어. 피까지 흘렸는데 다른 사람을 먼저 구하더라고. 아니, 진짜 죽은 게 아니라 죽은 척 말이야. 웬 꼬마만 내 가슴을 짓밟았어. 빨리 죽으라고 속삭이면서. 그 꼬마는 왜 그렇게 말했을까. 그 꼬마도 나를 싫어하는 걸까. 대체 왜?

　나는 관리실 간이침대에 누워서 모호와 통화하고 있었다. 모호는 대답이 없었다. 모호는 나와 유일하게 연락을 주고받는 친구다.

　개구리는 여전히 내가 있는데도 주저 없이 홀딱 벗고 거북이와 몸을 섞었어. 수치스럽지 않나? 내 앞에선? 그때 나는 침대 밑에서 죽은 척하고 있었어. 내가 죽어가는데도 개구리는 아랑곳하지 않고 거북이의 살갗에 유두를 문지르며 괴성을 질렀지. 모호, 왜 아무 말이 없어? 호응 좀 해줘. 무슨 말이라도 해달라고. 너까지 날 멸시하니?

　나는 재촉했다.

　혹시 그 의사 돌팔이 아닐까? 피해망상이니 뭐니 다 꾸며낸 거 아닐까? 혹시 지금 나는 상상도 하지 못할 만큼 하찮은 존재 아닐까? 그래서 다들 내가 죽은 척을 해도 곤충 시체나 과자 부스러기 보듯 무시하는 거 아닐까? 그럼 나는 누구일까? 안구를 뽑아 들고 다니는 국무총리? 심장 달린 텔레비전?

휴대폰은 뜨거워지고 있었고, 안구를 뽑아 들고 다니는 국무총리나 심장이 달린 텔레비전은 상상도 되지 않았으며, 모호는 여전히 대답이 없었다.

오늘은 내가 돌고래였을 때 이야기를 해줄게.

나는 전화기에 대고 속삭였다.

돌고래가 되니까 여름이 즐거워졌어. 아무리 뛰어놀아도 바다 속에서는 땀이 나자마자 씻겨나가서 찝찝하지가 않거든. 끽. 끽. 끽. 끽. 끽. 끽. 끽. 끽. 끽. 끽. 끽. 끽.

무슨 개수작이야? 말을 좀 하라고.

그때 모호가 말했다. 드디어 목소리를 들려주는군. 그 경이로운 음성을. 모호는 약간 화가 나 있는 것 같기도 했다. 그래도 목소리에 섞인 애정은 느낄 수 있었다.

나는 모호를 이해한다. 내가 모호에게 하는 이야기 대부분은 텔레파시다. 모호는 아직도 텔레파시를 알아듣지 못하는 눈치다. 모호, 적응할 때도 됐는데.

모호, 네 이야기도 좀 해줘.

또 텔레파시를 보냈지만, 모호는 욕설만 내뱉었다.

제발, 말 좀 해. 변태 새끼야.

나는 비록 모호가 말은 거칠게 하지만 나를 싫어하지 않는다는 것을 잘 알고 있다. 우리끼리만 느낄 수 있는 느낌이다.

모호는 숲의 공기처럼 청량하다. 무지개처럼 다채롭고, 밤산책처럼 상쾌하고, 사향고양이처럼 우아하다. 사실 우리는 만난 적이 없다. 그래서 상상으로 묘사할 수밖에 없다.

제발 섹스나 좀 하자고!

모호가 부르짖었다. 선입견을 가질까봐 미리 밝히진 않았는데, 모호는 폰섹스 상대다. 우리는 두어 달 전 인터넷 광고를 통해 만났다. 〈★폰섹스★화상채팅★당신이 원하는 존재가 돼 드립니다★〉 나는 폰섹스를 택했다. 낯선 이와 대면할 자신이 없었다. 나는 파트너 카테고리에서 30대 남성을 선택했고, 내 목소리를 녹음해 보내면서 최대한 동일한 음성을 가진 파트너를 찾아달라고 부탁했다. 경험상 나만이 나와 진심 담긴 대화를 나눌 수 있었고, 좋은 친구가 될 수 있는 가능성이 있었다. 우리는 결제를 하자마자 연결됐다. 나는 모호의 목소리에 만족했다. 나와 비슷한 듯하지만 모호만의 개성을 가진, 그러면서도 내 내면과 아주 잘 어울리는 음성. 나는 모호에게 정기적으로 돈을 지급했고, 모호는 그 대가로 우정을 선사했다. 내가 빈털터리만 되지 않는다면, 모호는 세계가 멸

망할 때까지 내 곁에 있을 것이다.

모호는 진정한 친구였다. 나는 모호에게 모든 비밀을 털어놓았다. 부활과 전생에 대해서도 고백했다. 엄마가 복 새니까 떠들고 다니지 말라고 신신당부를 했는데, 전직 대통령이 나오는 꿈에 대해서도 털어놓았다. 나는 꿈속에서 이명박과 테니스를 쳤다. 이명박은 내가 엉뚱한 방향으로 공을 보내도 칭찬을 퍼부었다. 잘했다. 너는 죽어서도 뭐든지 잘할 거야.

모호는 나를 어떻게 생각하고 있을까? 궁금하다. 텔레파시가 통하게 되면 물어봐야지.

모호라는 이름도 내가 지어준 것이다. 어느 날 모호와 통화하고 있을 때 모호라는 단어가 머릿속에 스쳐지나갔다. 나는 모호라는 단어의 뜻이 우리 사이에 있는 불투명한, 뭐라 정의 내릴 수 없는 장막과 어울린다고 생각했다. 모호는 나와 유사한 목소리를 지녔는데, 온전히 나라고 말할 수는 없었다. 그렇다면 모호는 누구일까. 우리는 서로에게 어떤 의미일까. 모호는…… 우리는…… 모호는…… 우리는…… 모든 게 모호했다. 나는 그때부터 모호를 모호라고 불렀다. 나는 믿어 의심치 않는다. 지금 모호는 본인이 모호인지 모르지만 서서히 자신을 모호라고 받아들일 것이다. 텔레파시만 전달된다면!

말을 해, 등신아.

그때 모호가 말했다.

모호, 내 말이 아직도 안 들리니?

변태 새끼야, 답답해.

끼, 끽, 끽, 끽, 끽.

돈을 내고도 말 한마디 못하는 놈은 처음 본다, 병신아.

모호가 답답하다는 듯 열을 올렸다.

모두 나를 노예처럼 부리는데, 너는 왜 안 그래? 차라리 너도 그렇게 해줘. 욕을 하고 경멸하라고. 솔직히 지금 무서워 죽겠다고!

아무래도 모호의 기분이 상한 것 같았다.

텔레파시를 연습해야 해, 모호. 텔레파시는 죽음과 삶, 시간과 공간의 경계를 허무는 유일무이한 수단이야. 네가 텔레파시를 터득한다면, 우리는 언제 어디서나 소통할 수 있어. 내가 다른 존재가 된다 해도, 모호, 너는 나를 알아챌 수 있다고. 둘 중 하나가 죽거나 둘 다 죽어도 대화를 나눌 수 있다니까. 너만 나를 알아봐준다면, 나는 어떤 상황에서도 내가, 내 영혼이 무엇인지 헷갈릴 필요가 없어. 내가 어떤 모습이더라도 괴로워할 필요가 없어. 모호, 텔레파시는 네게도 분명 도움이 될 거야. 지금은 헛소리로 치부할 수도 있겠지만, 시간이 흐르면 너도 무슨 말인지 알게 될 거야.

벙어리 새끼.

모호가 전화를 끊었다. 시간을 보니 정해진 시간이 지나 있었다. 나는 핸드폰을 내려놓고 눈을 감았다.

끼, 끽, 끽, 끽, 끽, 끼, 끽, 끽, 끽, 끽, 끼, 끽, 끽, 끽, 끽, 끼, 끽, 끽, 끽, 끽, 끼, 끽, 끽, 끽, 끽, 끼, 끽, 끽, 끽, 끼, 끽, 끽, 끽, 끽, 끽, 끽, 끽, 끼, 끽, 끽, 끽, 끽, 끽, 끽, 끼, 끽, 끽, 끽, 끽, 끽, 끽, 끼, 끽, 끽, 끽, 끽, 끽, 끽, 끼, 끽, 끽, 끽, 끼, 끽, 끽, 끽, 끽, 끽, 끽, 끽, 끼, 끽, 끽, 끽, 끽, 끽, 끽, 끼, 끼, 끼, 끼, 끽, 끽, 끼, 끽, 끽, 끽, 끽, 끽, 끼, 끽, 끽, 끽, 끽, 끽, 끽, 끼, 끽, 끽, 끽, 끽, 끽, 끽, 끽, 끼, 끽, 끽, 끽, 끽, 끽, 끽, 끼, 끽, 끽, 끽, 끽, 끽, 끽, 끼, 끽, 끽, 끽, 끽, 끽.

나는 정신을 집중해서 텔레파시를 마저 보냈다.

일상

그날 마지막 기억은 구기터널 초입에서 끝나 있었다. 차들이 쌩쌩 지나가고 있었고, 나는 도로를 가로지르고 있었고, 내 앞으로 흰색 SUV 한 대가 다가왔다. 나는 그 자리에 누워 죽은 척을 했다.

눈을 뜨니 응급실이었다. 링거가 떨어지고 있었고, 팔다리에 깁스가 돼 있었다. 온몸이 욱신거렸다. 엄마는 내가 살아난 건 하느님 뜻이라고 했다.

퇴원한 뒤에는 병가를 내고 방에 누워서 죽은 척을 했다. 나 자신부터 속이기 위해서였다. 며칠 동안 누워만 있다 보니 온갖 생각이 머릿속에 스쳐지나갔다. 사랑하거나 증오했던 사람들, 수치스러웠던 경험, 충격과 공포의 순간, 슬픈 기억, 먹고 싶은 음식, 해야만 했던 일들, 성취와 실패, 과거와 운명, 미래와 절망. 멍하니 있어도 온갖 잡념들이 머릿속을 오갔다. 잠에 들어도 꿈을 꾸면서 생각했다. 상상도 생각의 일부였다. 도무지 생각의 늪을 벗어날 수 없었다. 생각을 할 수 있다는 건 살아 있다는 증거였다. 죽은 것처럼 보이려면 생각도 멈춰야 했다. 부단히 시도했지만 실패했다. 살아 있는 이상 생각 중단은 불가능했다. 게다가 오줌이 끊임없이 마려웠다. 배도 고팠다. 한자리에 누워만 있으니까 등이 배겼다. 집이 왜 이리도 조용한 건지 궁금했다. 나는 자리에서 일어나 주방으로 나갔다. 식탁에는 밥이 차려져 있었다. 내가 슬며시 앉아 밥을 먹으니까 엄마 아빠도 앉았다. 엄마는 잔소리를 했다. 말은 안 했지만 아빠도 엄마의 의견에 동의하는 듯했다. 나는 아무 말도 하지 않았다. 그러자 엄마는 본인과 아빠가 불행하다고 했다. 나도 불행하다고 했다. 엄마는 우리 가족 모두를 위해 기도하겠다고 했다. 나는 내 기도는 빼고 하라고 했다. 그 뒤 엄마 아빠는 성당을 갔다. 나는 밥을 배불리 먹고나서 손톱을 깎고 머리도 감고 샤워도 했다. 양치질도 하고 오줌과 똥도 쌌다. 스트레칭도 했다. 창문을 열고 환기를 했다. 오랜만에 사람처럼 구니까 가슴이 벅차올랐다. 웬일인지 내가 될 자신도 생겼다.

나는 무작정 밖으로 나갔다. 안국동, 가회동, 삼청동을 거쳐 감사원까지 걸었다. 와이프와 데이트하던 코스였는데 지금은 혼자 걷고 있었다. 문득 외로워졌다. 몇몇 친구에게 전화를 걸었다. 친구들은 직장을 다니고 결혼을 하고 아이를 낳았다. 그들은 바쁘고 우울하다고 했다. 조만간 만나 커피나 술을 마시기로 했다. 전화를 끊고 보니 약속 시간을 정하지 않았다는 걸 깨달았다. 다시 전화를 걸었더니 그들은 받지 않았다. 칠레로 이민 간 친구와 페이스북 메신저도 주고받았다. 마침 친구의 동생이 한국에 잠깐 들어왔다고 해서 만나기로 했는데 그녀는 약속 시간에 나오지 않았고 연락도 되지 않았다.

병가가 끝난 뒤 나는 기숙사로 되돌아갔다. 고심 끝에 죽은 척을 포기했다. 아무래도 내가 누구이고 아니고는 중요한 게 아닌 거 같았다. 내가 확신할 수 있는 건, 내가 무엇이더라도, 외로운 존재란 것뿐이었다. 그리고 그게 바로 나라는 사실이었다.

고백

코뿔소는 몇 주째 돌아오지 않았다. 학생 관리페이지에 접속해보니 휴학한 상태였다. 나는 천사의 방에 들어갔다. 천사는 육신 대부분이 의자로 변해 있었다. 나는 천사 위에 앉았다.

살이 많이 빠졌구나.

나는 가느다란 팔걸이를 쓰다듬었다. 온기가 느껴지지 않았다. 더 이상 피가 돌지 않는 것 같았다. 이러다 천사가 죽으면 어쩌지. 나는 천사의 몸이 따뜻해지도록 팔걸이를 연신 문질렀고, 정신을 잃지 않도록 말을 걸었다.

방해 좀 하지 마.

그러자 천사가 속삭였다. 나는 말은 그렇게 해도 천사가 외로울 거라고 생각했고, 방석으로 변한 채 천사 곁을 지켰다.

밤이 되자 개구리가 들이닥쳤다. 술 냄새가 났다.

네가 아무리 변해도 나는 널 단번에 알아볼 수 있어.

개구리는 천사에게 유두를 비벼댔다. 천사는 눈 하나 깜짝하지 않았다. 나는 비위가 상해서 귀를 틀어막고 눈을 감았다.

왜 흥분하질 않는 거야. 무시하지 말고 싫으면 싫다고 욕이라도 하라고.

개구리가 울먹였다.

사랑해.

개구리가 펑펑 울기 시작했다.

사랑한다고. 왜 답이 없어?

개구리는 의자 곳곳을 매만졌다. 천사는 묵묵부답이었다.

장군은 나를 사랑하지 않는 것 같아. 기계처럼 아무런 감정 없이 나를 안는다고. 내겐 너뿐이야. 너는 그래도 감정이 있었다고. 슬퍼하고 치욕스러워했잖아. 무심한 척 그만하고 나 좀 안아줘.

개구리의 목소리는 떨리고 있었다.

아, 무겁네, 정말. 저리 꺼졌으면 좋겠어, 둘 다.

천사가 혼잣말을 했다. 나만 들릴 정도로.

잭

인사해, 잭. 모호에게.

나는 핸드폰 스피커를 잭에게 내민다. 잭은 듣는 둥 마는 둥 한다. 내 명령 같은 건 듣지 않겠다는 제스처인데, 이건 잭이 나한테 열등감을 갖고 있다는 증거다.

모호, 오해하진 마. 잭은 내 친구가 아니라 노예야. 난쟁이, 잭. 키는 발기하기 전 내 좆만하지. 《잭과 콩나무》에서 따온 이름이야. 그 동화에서 잭은 인간이지만 콩나무를 타고 내려온 거인에 비하면 난쟁이지. 잭을 어떻게 만났냐면…… 어디서부터 설명해야 할까. 며칠 전, 학생 하나가 방에 쥐가 나왔다며 호들갑을 떨더라고. 나는 쥐를 잡아서 관리실로 데려왔고, 소각장에서 주운 새장에 가둬놓았어. 쥐는 몸을 벌벌 떨며 나를 경계했어. 넌 날 무서워하는구나. 나는 새장 안에 손을 넣어서 쥐를 쓰다듬었어. 겁먹지 마. 얼마나 답답하니. 하고 싶은 말이 얼마나 많니. 아무 죄도 없는데 핍박당하니까 억울하지? 불쌍한 쥐야, 사람이 되고 싶지 않니? 너보다 약한 사람을 괴롭히고 싶지 않니? 쥐는 내 손을 피해 뒷걸음질 치다가 구석에 몰렸고, 마지막 발악이라도 하듯 날카롭게 울다가 내 손을 깨물었지. 그때 물린 흉터가 아직도 있다고! 잭,

기억나? 내가 널 가여워하며 주문을 외워줬잖아. 너는 사람이다. 너는 사람이다. 너는 사람이다! 사람이 되긴 했는데 크기는 그대로라서 난쟁이가 된 거잖아. 잭, 전부 아니라고? 쥐가 아니었다고? 난쟁이도 아니라고? 노예는 더더욱 아니라고? 까불고 있네. 나보다 키가 작고 힘도 약한 난쟁이 주제에. 심지어 생식기는 내 눈곱만하잖아. 빈털터리에다가 학력이 있니 직장이 있니. 그나마 나니까 너한테 인간적으로 대우해주는 거야. 다른 사람이었다면 그 자리에서 널 박멸했을걸. 뭐야, 잭, 네가 인사를 안 하고 버티니까 나만 떠벌리고 있잖아. 당장 모호에게 인사해. 얼른! 이만하면 자존심 세워준 거니까. 더 이상 날 자극하지 마.

나는 핸드폰 스피커 쪽으로 잭의 등을 떠민다. 잭이 쭈뼛거린다.

잭, 뭐해?

내가 재촉한다.

안녕, 나는 잭이야. 모호라고 했지? 솔직히 터놓고 말할게. 나는 쥐가 아니야. 난쟁이 취급도 하지 않았으면 좋겠어. 고향에서 나는 난쟁이가 아니었거든. 키도 크고 힘도 셌다고. 게다가 명문가 출신이었어. 가만히 있어도 노예들이 모든 걸 해줬지. 부와 권력이 보장돼 있었다고. 난 그 모든 걸 포기하고 이곳으로 왔어. 원대한 세계를 경험해보겠다고 말이야. 그런데 하필 네 친구한테 덜미를 잡혔지 뭐니. 네 친구한테 물어봐줄래? 가당치도 않은 놈이 왜 그렇게 나를 업신여기냐고. 고향이었다면 너야말로 내 노예였을 거라고.

잭이 말한다. 기가 차네. 잭, 어디서 사기를 쳐. 너는 기숙사 배수관을 돌아다니는 쥐새끼였잖아. 거짓말을 했으면 벌을 받아야지.

나는 전화를 끊는다. 잭을 잡아 입에 넣고 삼킨다. 몸속에서 잭이 요동치는 게 느껴진다.

다음날, 똥을 쌌더니 똥 무더기에서 잭이 버둥거리는 게 보인다. 나는 잭을 꺼내준다. 잭은 무릎을 꿇고 빈다. 잘못했으니 다시는 삼키지 말아달라고. 인간의 내장을 두 번 다시 경험하고 싶지 않다고. 나는 잭을 씻겨준다.

너는 쥐새끼 출신 난쟁이가 맞지?

내가 묻는다. 잭은 고개를 끄덕인다.

왜 거짓말을 했어?

내가 묻는다. 잭은 모호와 처음 만나는데 자존심이 상해서 그랬다고 한다. 나는 잭을 혼내는 대신 쓰다듬는다.

오늘은 잘할 수 있지?

내가 묻는다. 잭은 고개를 끄덕인다. 나는 모호에게 전화를 건다.

자, 모호, 오래 기다렸어. 잭을 소개할게. 난쟁이 잭!

내가 잭을 소개한다.

처음 뵙겠습니다. 잘 부탁드려요, 모호님. 저는 쥐새끼 출신 난쟁이 노예입니다. 필요한 게 있으시면 언제든지 찾아주세요.

잭은 제법 공손하게 인사를 한다. 어느새 입이 죽 나와 있었지만. 그놈의 자존심. 인정하면 마음 편한데. 내가 삼키는 시늉을 하자 잭은 입꼬리를 올려 환하게 웃는 척을 한다. 나도 알아. 진심으로 웃는 게 힘들다는 걸. 오직 혼자 웃을 때만 진심으로 웃는 거겠지.

모든 건 시간이 해결해준다. 잭은 내게 굴종하고 말았다. 이 세상을 난쟁이 혼자 헤쳐나가는 게 얼마나 고달픈지 깨달았나보지.

잭은 내 업무를 보조한다. 비품 관리 대장과 인원 명부를 작성한다. 키보드 위를 빨빨거리면서 돌아다니는 걸 보고 있으면 얼마나 귀여운지 몰라. 쓰레기 처리도 잭의 몫이다. 분리수거를 하느라 낑낑대는 모습을 보면 가여워 보이기도 하지만 막연한 동정심은 잭에게 도움이 되지 않는다.

잭은 내 비서 역할도 한다. 가려운 데가 있으면 긁어주고, 가래나 콧물도 빼주고, 똥 묻은 엉덩이도 깨끗하게 닦아준다. 아침마다 사과를 잘라주고, 눈썹 위에 길게 엎드려 햇빛도 가려주고, 저녁에는 몸에 올라타서 콩콩 뛰어다니며 안마도 해준다. 때론 솔직한 충고도 해준다. 어느 날, 자고 일어났는데 잭이 노트북을 켜서 내가 쓴 글을 들여다보고 있었다. 내가 어떠냐고 묻자 잭은 피식 웃었다.

솔직히 말해줄까?

응, 솔직히.

내가 대답했다.

또라이 새끼.

잭이 또 피식 웃었다. 이루 말할 수 없는 모멸감이 느껴졌다. 나는 도마뱀으로 변한 채 잭을 삼켰다. 잭은 도마뱀의 항문을 통해 나왔지만 그만큼 작아져서 먼지와 구분되지 않았다. 나는 먼지와 함께 잭을 쓸어 담아 공동묘지에 버렸다.

가끔 참을 수 없이 온몸이 가려울 때가 있다. 나는 잭이 깨물고 꼬집으며 복수하고 있는 거라고 상상한다. 잭! 잭을 부르면 더 간지러워진다.

오해하지 마. 보고 싶어서 부르는 거라고, 잭.

물구나무

당시 나는 물구나무라는 관념이었다. 사람들의 입에서 물구나무라는 단어가 나오게 부추기는 역할을 했다. 일단 발화되기만 하면 열에 여덟은 행동으로 옮겼다. 밥을 먹다가, 달력을 넘기다가, 일을 하다가, 운전을 하다가, 잠을 자다가, 커피를 마시다가, 대화를 하다가 사람들은 물구나무를 섰는데, 모두 내가 유혹한 것이다. 한 구역의 사람들이 모두 물구나무를 서게 만든 적도 있었다. 그 구역은 동물원이었다. 어느 가을날 토요일 정오였던 걸로 기억한다. 하늘은 더없이 맑았고 카디건 하나만 걸쳐도 될 만큼 선선했다. 동물원은 나들이 나온 가족들로 북적였다. 그날 두어 시간 동안 사람들은 물구나무를 선 채 동물원을 돌아다녔다. 물구나무를 서지 않은 건 물구나무라는 관념이 머릿속에 없는 아이들과 철창 안에 갇힌 동물들뿐이었다.

인원 명부

기숙사 B동 (2018. 10. 28)					
1인실				2인 1실	
1층		2층		3층	
101호	고재민	201호	라민규	301호	전보관	권승권 (외박)
102호	기운형	202호	황민준	302호	오영	아마딜로
103호	이어폰	203호	옷걸이	303호	문신영	노트북
104호	모기 (외박)	204호	물티슈	304호	코뿔소 (휴학)	의자
105호	남하정	205호	문고리	305호	공기청정기	식염수
106호	미용 가위	206호	민수오 (조모상)	306호	곽노준	조기환
107호	소창영	207호	심환우	307호	스피커	김수운
108호	구진희	208호	키보드	308호	모인수	침대
109호	한상경	209호	염색약	309호	신상은	선풍기
110호	태블릿	210호	두더지	310호	거북이 (사망)	주병노 (외박)
9명		9명		36명	
총원 60명, 결원 6명, 현재원 54명					
특이사항					
… 새벽 순찰 시 자살로 추정되는 학생(310호) 발견. … 본사 당직실에 유선으로 보고함. … 경찰에 신고하고 인계함. 끝.					

황소개구리

모호, 그날도 나는 평소처럼 관리실에 틀어박혀 있었어. 근무를 마치고 글을 쓰며 하루를 마무리하고 있었지. 요새는 개구리가 와도 그러려니 해. 잠깐 다른 존재가 돼 개구리가 돌아갈 때까지 시간을 때우는 데 익숙해졌거든.

그런데 그날은 조금 달랐어. 어떤 남자가 개구리 뒤를 따라 들어왔거든. 처음 보는 이였고, 당연히 개구리의 먹잇감이겠거니 생각했어. 느낌이 이상하긴 했어. 그 남자 앞에 선 개구리는 평소와 달리 기가 죽어 보였거든. 천적이라도 만난 것 같았다니까. 다행히 그들은 나를 본체만체했어. 형광등 빛이 돼 있었거든. 나는 그들을 속속들이 들여다볼 수 있었지만, 그들은 나를 알아볼 수 없었지. 어둠 속에선 존재감이 있지만, 밝을 땐 뭐랄까 투명인간 같았거든.

알고 보니 개구리가 데리고 온 남자는 황소개구리였어. 그 둘이 약속이라도 한 듯 동시에 웃통을 벗었을 때 낯선 남자의 유두가 개구리의 유두보다 확연히 돌출돼 있었거든. 사후 세계의 붉은 대왕 개구리를 연상케 하는 거대하고 검붉은 유두. 살갗 위로 10센티미터는 솟아올라 있는 것 같았지. 구역질이 났어. 살아생전 거대한 유두 네 개가 저렇게 가까운

거리에 모여 있는 걸 볼 줄이야. 유두가 인간을 숙주 삼아 살고 있는 거 같았다니까!

내가 넋을 놓고 유두들을 바라보고 있을 때 황소개구리가 개구리에게 욕설을 퍼붓기 시작했어. 황소개구리의 유두는 점점 부풀고 있었고, 개구리의 유두는 움츠러들고 있었지. 듣고 보니 황소개구리는 개구리의 상관이었어. 일주일 전에 말했었는데 기억나? 거북이가 손목을 그었다고 했잖아. 등껍질 속에 숨어도 개구리가 못살게 굴자 거북이는 연약한 속살을 그어 자살해버렸다고. 그로 인해 학교는 발칵 뒤집혔고, 용역업체 전무인 황소개구리에게 책임이 전가됐으며, 황소개구리가 담당자인 개구리를 질책하는 모양이야. 개구리는 눈물이 그렁그렁 맺힌 채 연신 사죄하고 있었지. 황소개구리는 거북이의 죽음에 개구리가 연루돼 있는 줄 모르는 것 같았어. 거북이가 유서에 개구리에 대한 원망을 한가득 적어놓았는데, 경찰이 출동하기도 전에 개구리가 나타나서 잽싸게 유서를 가로챘거든. 난 유서도 읽어보고 개구리가 슬쩍하는 것도 봤는데 모르는 척했어. 개구리랑 척지면 나만 손해니까.

거북이를 죽인 건 개구리다! 범인은 개구리다!

대신 내가 할 수 있는 건 이 정도였어. 형광등 빛은 성대가 없으니 당연히 내 목소리는 아무에게도 들리지 않았지만 말이야.

빨아.

황소개구리가 개구리에게 명령했어. 개구리는 황소개구
리의 유두를 빨기 시작했지. 나는 그 꼴이 웃겨서 참지 못하
고 키득거렸어. 호흡에 따라 불빛이 깜빡거렸고 황소개구리
가 수상한 눈길로 나를 쏘아봤어. 나는 황급히 웃음을 멈춰
야 했지. 다행히 황소개구리는 금세 의심을 거두고 개구리의
유두를 탐닉했어. 클라이맥스는 황소개구리와 개구리가 유
두를 맞비비는 장면이었지. 바싹 솟은 황소개구리의 유두에
쓸린 개구리는 고통에 찬 신음을 내뱉었어. 당시 황소개구리
유두를 모호 너도 봤어야 했어. 거의 당구공만 했다니까. 과
장 없이!

황소개구리가 절정에 이른 뒤 개구리를 밀쳐내며 누군가
를 데리고 오라고 했어. 개구리는 서둘러 밖으로 사라졌지.
조금 있으니까 개구리가 천사를 데리고 왔어. 데리고 왔다기
보다 질질 끌고 왔다는 게 정확한 표현일 거야. 그동안 천사
는 마음이 약해졌는지 인간으로 되돌아오고 있었는데, 하체
는 아직 의자였거든. 그러니 끌려올 수밖에. 그러게 마음 독
하게 먹으라니까.

둘은 황소개구리 앞에 나란히 섰어. 죄인처럼 고개를 푹

숙인 채.

이 학생이야? 기숙사비를 미납한 게?

황소개구리가 물었어. 개구리가 고개를 끄덕였어.

암만 봐도 중간에서 누가 의도적으로 누락시킨 것 같던데.

황소개구리가 개구리를 쏘아봤어. 개구리의 눈은 갈피를 잡지 못한 채 흔들렸지. 황소개구리는 그것보라는 듯 의미심장하게 웃으며 천사에게 시선을 옮겼어.

고개 들어봐. 뻔뻔한 낯짝 좀 보자.

황소개구리의 말에 천사는 고개를 들었어. 가여운 천사는 잔뜩 겁에 질려 있었지.

보아하니 변하려다 실패했군. 용기가 없어서 끝까지 갈 수 없었겠지. 다 알아. 나약한 놈들을 수없이 겪어왔으니까. 살아서 뭐해? 310호처럼 손목이라도 긋지 그래?

황소개구리가 비아냥거렸어.

기숙사 관리를 이따위로 하니까 사람이 죽어나가지. 안 그래도 요즘 학생 수가 줄어들고 있어서 학교가 민감한데.

황소개구리의 분노는 이내 개구리에게로 옮겨갔어.

계약 파기되면 책임질 거야?

황소개구리가 개구리를 노려보자 개구리는 눈을 내리깔았어.

죄송합니다.

말로만?

황소개구리의 눈빛이 형형하게 빛났어. 개구리는 침을 꿀
꺽 삼켰고, 천사는 삶을 단념한 것처럼 눈에 힘을 풀었어.

자, 빨아. 너는 오른쪽. 너는 왼쪽.

황소개구리가 자신의 가슴을 그들에게 드밀었어. 탱글탱
글하게 여문 유두 두 알이 그들의 입술 가까이 다가갔어.

둘 중 나를 더 흥분시키는 쪽이 이기는 거야. 진 사람이 모
든 책임을 지게 될 테니 각오하라고.

황소개구리가 킬킬거렸어. 둘은 경쟁이라도 하듯 황소개구
리의 가슴팍에 달라붙어 유두를 빨기 시작했어. 황소개구리
의 신음이 관리실을 가득 채웠지. 무아지경. 이 사자성어에
그토록 적합한 상황은 여태껏 본 적이 없었어.

그 뒤 시간이 얼마나 흘렀는지 몰라. 어느 순간 황소개구
리가 눈부시다고 투덜거렸고, 개구리가 불을 껐어. 천만다행
이라고 생각했어. 더 이상 보이지 않았으니. 개구리 둘과 의
자 인간의 조합은 상상보다 끔찍했거든.

오산이었어. 보이지 않으니 청각적 효과가 증폭되더라고.
나는 결국 공동묘지로 달아났어. 인간으로 복귀해서 공동묘
지를 맴돌았지. 그때 어디선가 찍찍찍찍 쥐 우는 소리가 들렸

어. 문득 공동묘지에 잭을 버렸던 게 기억났어. 잭이 어디에 있더라. 분명 공동묘지에 버렸는데. 나뭇가지나 돌로 표시라도 해둘걸 그랬어. 나는 구시렁거리며 잭을 찾아다녔어. 아무리 찾아도 없더라고. 나는 힘이 빠져서 묘지와 묘지 사이에 드러누웠어. 허기졌어. 차가운 햄 샌드위치나 마요네즈 소스를 잔뜩 뿌린 새우 버거 같은 게 먹고 싶었어.

잭, 어서 돌아와서 나를 즐겁게 해줘.

내가 외쳤어. 순간 잭이 깨물고 꼬집는 것처럼 몸이 간지러워졌지.

신원 미상

바지 벗었어? 오늘은 얼른 끝내버리자. 얼른.

모호가 애걸복걸했다.

거기 있지? 내가 도와줄게. 흥분시켜줄게.

모호는 인위적인 신음을 내지르기 시작했다. 그렇지만 나는 그럴 기분이 아니었다.

모호, 허튼소리 그만하고 함께 울어달란 말이야. 아무리 불러도 잭이 나타나지 않아 외로워 죽겠다고.

나는 푸념을 했다. 물론 텔레파시로. 물론 모호는 응답이 없었다.

울어달라고. 흑흑. 이렇게. 흑흑.

다시 텔레파시를 전송했다. 침묵이 이어졌다. 잠시 뒤였다. 수화기 너머에서 흐느끼는 소리가 들렸다. 처음엔 감동했는데, 시간이 지나니까 우는 척하는 티가 났다.

진심을 갖고 울란 말이야, 제발. 돈을 더 줘야 하는 거야? 더 주면 네 일처럼 울어줄 거야?

나는 약간 빈정이 상했다. 또 침묵이 이어졌다. 잠시 뒤였다. 모호는 소리 내 울기 시작했다. 이번엔 진심이 느껴졌다. 나도 울었다. 모호와 함께. 그러다가 어느 순간 전화가 끊겼다. 나는 다시 전화를 걸었다.

제발 그만해. 빌어먹을 텔레파시가 들린다고. 나를 모호라고 부르는 것도 다 알아, 미친놈아. 나까지 미친놈이 되면 책임질 거야?

모호가 원망을 퍼부었다. 동시에 전화는 끊겼다. 모호와는 더 이상 연락이 되지 않았다.

다음날이었다. 모호에게 전화를 걸자 어떤 남자가 받았다. 가래가 잔뜩 끼고 거칠거칠한 목소리였다. 누구냐고 물었더니 폰섹스 회사 운영자라는 대답이 돌아왔다. 나는 아이디와 닉네임을 밝히며 파트너와 연결해달라고 했다. 그는 더 이상 파트너와 연결해줄 수 없다고 했다. 나는 돈도 지불했는데 무슨 말이냐고 따졌다. 그는 전액 환불해줄 테니 더 이상 파트너를 찾지 말라고 했다. 나는 갑자기 그게 무슨 소리냐고 했다. 남자는 얼버무렸지만 나는 계속 캐물었다.

죽었습니다.

남자가 뜸을 들이다가 대답했다. 목소리에 진이 빠져 있었다.

네? 죽다니요? 어제까지 멀쩡하게 살아 있었다고요.

나는 깜짝 놀라서 되물었다.

성가시게 구네. 죽었다니까요. 무슨 설명이 더 필요해요?

다신 연락하지 마세요.

남자가 퉁명스럽게 대답하며 내가 뭐라고 하기도 전에 전화를 끊었다. 역시 더 이상 연락이 되지 않았다. 환불도 즉시 처리됐다.

대답해, 모호. 텔레파시를 들을 수 있다며? 그럼 설혹 죽었다 해도 내 말을 들을 수 있을 거야.

나는 몇 차례 텔레파시를 보냈다. 아무리 기다려도 답장은 오지 않았다. 나는 안다. 모호는 살아 있었다. 모호는 내 텔레파시를 받았다. 모호는 답장하길 주저하고 있었다. 이번에도 느낌이었다. 우리 둘만 통하는 느낌. 모호, 자신의 감정에 솔직하면 될 텐데. 자연스럽게 나를 받아들이면 될 텐데.

나는 폰섹스 회사를 찾아 나섰다. 예상과 달리 금세 발견할 수 있었다. 사이트에 명시된 메일 계정을 구글링 했더니 중고물품판매 사이트에 올린 게시글이 나온 것이었다. 나는 그 글을 근거로 묵동에 있는 빌라에 다다를 수 있었다. 일층인지 반지하인지 애매한 위치에 있는 방이었다. 나는 문을 두드렸다. 문을 연 건 웬 남자였다. 미식축구 선수처럼 두툼한 상체에 기골이 장대했다. 나를 단숨에 제압할 수 있을 것 같아서 주눅이 들었다.

누구십니까?

그가 물었다. 전화기 너머에서 들었던 칼칼한 목소리였다.

당신이군요.

내가 말했다. 그가 나를 바라봤다.

당신이군요.

그도 한숨을 쉬며 나와 같은 말을 했다.

어디에 있습니까?

내가 물었다. 그의 눈빛에 당황한 기색이 비쳤다.

말했다시피 죽었습니다.

그걸 믿으라고요?

내가 따졌다. 그는 변명거리를 찾는 듯 입을 달싹였다.

저는 알아요. 당신은 거짓말을 하고 있어요. 제 파트너는 죽지 않았습니다. 분명 살아 있어요. 우리 둘 사이에서만 통하는 느낌이라고요.

당신 말이 맞아요. 죽지 않았습니다.

그가 곤란한 기색을 보이며 대답했다.

어디에 있습니까?

내가 물었다. 곤혹스러워하는 게 느껴질 정도로 그는 주저하고 있었다. 나는 그를 뚫어져라 바라봤다.

내 눈을 보고 말하세요. 모호는 어디에 있습니까?

내가 다시 한번 물었다. 그가 나를 바라봤다. 그의 눈에 물기가 어리기 시작했다.

납니다. 내가 바로 모호입니다. 당신이 모호라고 부르는 사람입니다.

그가 나지막이 고백했다.

네? 당신이 모호라고요?

맞아요, 내가 모호입니다.

그가 말했다. 나는 그를 바라봤다. 저 미식축구 선수가 모호라니. 게다가 나와 완전 다른 목소리잖아.

못 믿겠으면 확인해보세요.

네?

텔레파시를 보내보라고요.

그가 제안했다. 일리가 있는 말이었다.

모호, 내 머리를 쓰다듬어주렴.

나는 정신을 가다듬은 뒤 모호에게 텔레파시를 보냈다. 그는 잠시 망설이는 듯하더니 내 머리를 쓰다듬었다. 모호의 부드러운 손길이 느껴졌다. 내 앞에 모호가 서 있었다. 코끝이 찡했다.

되돌아왔구나, 모호.

내가 말했다. 그가 체념한 듯한 눈길로 나를 바라봤다.

그런데 모호는 저와 비슷한 목소리를 가졌다고요.

나는 의문을 제기했다. 그는 설명 대신 들어오라고 손짓했다. 나는 집 안에 들어섰다. 주방과 화장실이 딸린 원룸이었다. 한가운데는 커다란 탁자가 있었고, 노트북 대여섯 대가 가동되고 있었다. 벽면에 부착된 행거에는 가발이 종류별로 늘어서 있었다. 희귀한 속옷, 성인용품, 분장 도구, 심지어 곰, 토끼, 사자 같은 동물 가죽도 걸려 있었다. 화상채팅을 할 때 사용하는 것 같았다.

맞아요. 화상채팅을 할 땐 분장이나 변장도 하죠. 고객이 원하면 동물 가죽을 쓰기도 하고요.

그가 내 마음을 읽기라도 한 듯 설명했다. 이어서 음성인식 시스템 관련 스타트업을 준비하다가 빚만 잔뜩 졌고, 빚을 갚기 위해 진로를 살짝 틀었다고 덧붙였다. 곁에 남은 갖가지 종류의 음성들을 이용해서.

내가 방을 둘러보는 사이, 그는 노트북과 마이크에 입을 댔다.

병신 새끼, 돈 주고도 아무것도 못하네.

내가 아는 모호의 목소리가 들렸다.

오, 나의 모호.

내가 중얼거렸다. 눈물이 핑 돌았다.

벙어리 새끼야, 제발 섹스나 하자고!

모호의 목소리가 또 들렸다.

안녕, 모호.

내가 텔레파시로 말했다.

안녕.

그가 텔레파시를 알아듣고 모호의 음성으로 반응했다.

이제 믿겠어요?

그가 물었다. 나는 고개를 끄덕일 수밖에 없었다.

왜 죽었다고 했나요?

언제부턴가 당신의 목소리가 들리기 시작했어요. 그 텔레파시 말이죠. 겁이 났어요.

그가 대답했다.

나는 그저 돈이면 다인 인간이에요. 온갖 것으로 둔갑해서 변태들의 성욕을 채워주며 살아가는 기생충 같은 존재라고요. 당신은 나와 다른 것 같았어요. 처음엔 자기 자신과 섹스하고 싶어 안달 난 변태인 줄 알았는데 겪으면 겪을수록 순수한 면모가 느껴졌다고요. 죄책감이 들어서 더 이상 못하겠어요.

오해예요. 나 역시 순수하지 않아요. 우리 관계의 핵심이 돈인 것도 인지하고 있어요. 당신에게 돈을 지불하지 않으면 우리 관계가 유지되지 않는다는 것 말이죠.

나는 모호를 타일렀다. 모호는 잠잠했다. 나는 돈을 두 배 줄 테니 연락을 끊지 말아달라고 했다.

모호가 아니라도 상관없나요?

그가 물었다. 그는, 아니, 모호는 진지해 보였다.

넌 모호야. 내 텔레파시를 듣는 건 네가 모호라는 증거라고.

내가 텔레파시를 보냈다. 모호가 고민을 하는 듯 미간을 구겼다. 나는 모호를 바라봤다. 머리부터 발끝까지, 그리고 영혼마저도 완벽한 모호였다.

좋습니다. 배로 주신다고 하셨죠? 그럼 원하는 모든 걸 해 드릴게요. 원하는 모든 게 돼 드릴게요.

모호가 제안을 받아들였다.

하나만 부탁할게. 텔레파시가 들린다는 걸 인정하고 받아 들이도록 해. 그럼 모호 너도 차차 달라질 거야. 다른 건 괜 찮아. 내가 전화했을 때 그 목소리로 받아주기만 하면 돼.

내가 텔레파시를 보냈다. 모호가 슬픈 표정을 지었다.

소나기

거북이의 죽음은 신속하게 처리됐다. 경찰은 개인사로 인한 자살로 결론 내렸다. 학교는 부주의한 관리를 탓하며 용역업체에 대한 계약 해지를 검토했다. 용역업체는 로비를 통해 간신히 계약 해지를 막았다.

거북이의 죽음이 슬슬 잊힐 무렵, 한동안 잠잠하던 개구리가 다시 관리실을 오가기 시작했다. 예전처럼 대놓고 짝짓기를 하진 않았지만, 관리실에서 농땡이를 치며 내게 괜히 시비를 걸었다.

그러던 어느 날이었다. 나는 개구리가 관리실로 내려오는 기척을 느끼곤 공동묘지로 달아났다. 공동묘지를 돌고 산책로까지 갔다가 들어왔는데도 개구리는 책상 앞에 앉아 있었다. 가까이 다가가보니 그 이유를 알 수 있을 것 같았다. 개구리는 내 노트북을 들여다보고 있었다.

전생과 부활을 경험했다고?

개구리가 뒤도 돌아보지 않고 물었다.

천사와 장군도 알고 있다고?

개구리가 고개를 휙 돌려 나를 살기 어린 눈으로 노려봤다.

천사가 의자라고? 방석이 돼 천사 위에 앉아 있었다고? 내가 사랑을 고백하며 질질 짜는 걸 봤다고?

개구리는 자리를 박차고 일어나서 내게 다가왔다.

개구리는 누구고, 황소개구리는 누군데?

개구리가 나를 몰아붙였다. 나는 뒷걸음질을 쳤다.

넌 대체 누구냐고!

전…… 전…….

말문이 막혔다. 어떻게 말해야 할지 감이 잡히지 않았다. 나는 누굴까. 솔직히 나도 잘 몰랐다. 오늘 내가 누구인지.

대체 누구냐니까?

그가 내 멱살을 잡았다. 머릿속이 어지러웠다.

혹시 네가 310호를 자살하게 만든 거 아니야? 기숙사에 그런 분위기를 조장한 거 아니냐고. 망상은 전염된단 말이야. 일은 안 하고 이상한 생각만 하니까 기숙사 관리가 제대로 될 턱이 있나.

개구리가 윽박질렀다. 이어서 노트북을 내던지고 짓밟기 시작했다. 노트북이 으깨지고 있었다. 노트북에 담긴 내 인생들도. 나는 개구리를 밀친 뒤 노트북을 감싸 안았다. 개구리의 발길질이 내게로 옮겨왔다. 나는 평소처럼 견디고 또 견뎠다. 순간 반발 한 번 못하고 당하기만 하는 나 자신에게 연민이 느껴졌다. 불현듯 소나기가 되고 싶어졌다. 소나기였을 때

인간을 골탕 먹였던 기억이 떠올랐기 때문이다.

　나는 소나기다.

　나는 중얼거렸다. 맑은 날 갑자기 쏟아지는 소나기. 우산 없이 뛰어다니는 행인들에게 빗방울을 마구 갈겼던 게 떠오른다. 머리칼이 흠뻑 젖도록 빗물을 튀겼다. 갓길 웅덩이에 한가득 고였다가 차가 지나가면 타이밍에 맞춰 돌진했다. 행인들은 옷이나 신발이 젖었다고 짜증을 내며 건물이나 지하철역을 향해 달렸다. 나는 그 광경을 바라보며 키득거리다가 대지에 스며들거나 하수구로 흘러 들어갔다. 사람들은 나를 원망하고 저주했지만 나를 찾을 수 없었다. 설혹 붙잡힌다고 해도 금세 증발하고 말았다.

　나는 소나기다!

　나는 있는 힘껏 외쳤다. 개구리가 놀라서 발길질을 멈추고 나를 바라봤다.

　후후후후후후.

　나는 휘파람을 불듯 입을 모아 비바람 소리를 냈다. 개구리는 무슨 짓이냐고 성질을 냈다. 나는 책상 위로 올라가서 개구리를 향해 침을 마구 내뱉었다. 침이 비처럼 개구리에게 쏟아졌다. 개구리가 팔을 들어 얼굴을 가렸다.

　나는 폭우다!

나는 바지를 내리고 오줌도 쌌다. 개구리가 기겁을 하며 오줌을 피해 다녔다. 오줌을 다 싸자 개구리가 달려들어서 나를 들이받았다. 나는 바닥에 나뒹굴다가 기어가서 노트북을 감싸 안았다. 개구리가 달려들어서 노트북을 빼앗고 산산조각 내버렸다.

나는 다 알아. 당신이 거북이, 아니, 장군을 살해한 거나 마찬가지잖아. 유서도 당신이 훔쳐갔잖아. 내가 똑똑히 봤어.

나는 악을 썼다. 개구리가 충격을 받은 듯 우뚝 멈춰 섰다.

내 잘못이 아니야!

개구리가 절규했다.

직접 물어볼까?

내가 물었다.

헛소리하지 마. 장군은 죽었잖아?

개구리가 되물었다. 당당한 척했지만 몸은 부들부들 떨리고 있었다.

나는 장군이다.

내가 중얼거렸다.

그만해!

개구리가 나를 저지했다.

나는 장군이다.

목소리를 키웠다. 개구리가 내 멱살을 잡고 주먹을 치켜들었다.

네가 날 죽였어. 네가!

그때 내 발성기관에서 장군의 목소리가 흘러나왔다.

귀신이다!

개구리가 비명을 지르며 부리나케 관리실 밖으로 달려나갔다.

빌어먹을, 아무리 생각해봐도 과잉 대응한 것 같다. 그 길로 해고당했으니.

복상사

퇴사하기 며칠 전 기숙사에서 두 명이 더 죽었다. 둘은 한 공간에서 죽어 있었다. 사상자 중 하나는 천사였다. 그리고 나머지 하나는 개구리였다. 개구리는 천사 위에 올라타 있었다. 천사는 개구리의 유두를 입에 담은 채 차갑게 굳어버렸다.

사인은 가스 유출로 인한 질식사. 히터에 연결된 가스밸브가 절단돼 있었다. 절단 도구로 판명된 미용 가위는 천사의 소지품이었고 천사의 지문만 발견됐다. 경찰은 그들이 계획적으로 동반자살했다고 판단했다.

나는 사건 당일 천사가 개구리를 방으로 부르는 장면을 상상했다. 개구리가 올라오기 전 미용 가위로 가스밸브를 절단하는 장면도. 가스가 퍼지는 동안 천사가 전과 달리 적극적으로 개구리의 유두를 빠는 장면도. 개구리가 고통과 쾌락을 구분하지 못한 채 서서히 죽어가는 장면도.

고생했어, 천사.

나는 천사에게 마지막 인사를 남겼다.

고립

수리업체에서 노트북을 복구할 수 없다는 통보가 왔다. 노트북에 저장돼 있던 내 인생들도 회생 불가능한 건 마찬가지였다. 덩달아 나는 무기력해졌고, 전생 연구를 중단하는 데이르렀다. 그 뒤에는 개구리가 내 인생을 송두리째 사후세계로 가져간 것 같다는 망상에 시달렸다. 나는 인생을 되찾기 위해서는 사후세계로 떠나야 한다고 강박적으로 생각했고, 급기야 죽음을 고려하는 데 이르렀다. 실패 전적을 돌이켜보니까, 죽기 위해선 우선 고립되어야 한다는 결론이 도출됐다. 나는 작은 원룸을 마련했고, 죽기 위해 온갖 방법을 강구했다. 이 세상 역시 온갖 방법으로 내 고립과 죽음을 막았다. 나를 제일 많이 구해준 건 택배기사였다. 전 세입자가 주소지를 바꾸지 않은 채 계속 생활용품을 주문한 것이었다. 택배기사는 시도 때도 없이 현관문을 두드렸다. 대체 왜 그렇게 열심인지 연락이 안 된다며 베란다를 통해 기어 올라오기도 하고 경찰에 신고하기도 했다. 그 외에 나를 방해한 건 다음과 같다. 임대인. 건물 관리인. 가스 점검. 부동산. 교회 전도사. 보험 설계사. 부모. 모기. 바퀴벌레. 공과금. 더위. 추위. 허기짐.

어느 순간 전부 이 나라 탓이라는 생각이 들었다. 이 나라에서는 대체 마음대로 죽을 수도 없었다. 그렇다고 관심을 주는 것도 아니었다. 이민은 불가능했다. 전문직도 아니고, 모아둔 재산도 없고, 영어도 서투른 이민자를 받아주는 나라는 없었다. 나는 망명을 시도했다. 각국 대사관에 전화를 걸어 망명에 대해 문의했는데, 대사관 직원들은 하나같이 일반 국민은 망명이 불가능하다며 일방적으로 전화를 끊었다. 콜롬비아 대사관 직원만은 나를 진지하게 맞아주었다.

정치사범입니까?

직원이 물었다.

아니요.

내가 대답했다.

박해를 받고 계신가요?

직원이 또 물었다.

네.

무슨 박해요?

국가가 저를 죽지 못하게 합니다.

장난전화하지 마세요.

직원이 쏘아붙이며 전화를 끊었다.

나는 무작정 다른 나라로 떠났다. 그러나 고립되는 데 또 실패했다. 게스트하우스에서 만난 여행객과 사랑에 빠져버린 것이었다. 지지부진한 유람을 지속하던 중 아이디어가 하나 떠올랐다. 총살. 직접 죽지 못하겠다면 타인의 손을 빌리면 된다. 굳이 고립될 필요도 없다. 나는 상해에서 밀항선을 타고 해주로 들어갔다. 북한 보위부는 나를 체포했다. 나는 내게 총살형을 선고해야 된다고 주장했다. 그러나 북한은 남한과의 화해 분위기에 방해된다며 손끝 하나 건드리지 않은 채 나를 상해로 돌려보냈다. 공안은 나를 남한으로 이송했다.

병든 소

나는 병든 소다.

어느 날 나는 나도 모르게 중얼거리고 있었다. 아무렴. 나야말로 병든 소지. 근원을 알 수 없는 확신이 머릿속을 휘감았다. 한국으로 송환되고 난 뒤, 그해 겨울을 쥐 죽은 듯 보내고 나서 맞은 봄이었다. 솔직히 말하면 꽤나 상쾌했고 살아 있다는 것에 감사할 지경이었다. 더 이상 죽고 싶지 않았다. 그동안 왜 그리 우울하게 살아왔을까. 왜 갑자기 마음이 변했는지 모르겠다. 그날 나는 거리를 걷고 있었고, 내내 햇살이 곁을 맴돌았을 뿐이다. 돌이켜보면, 햇살의 영향이었던 거 같다. 햇살은 대책 없는 낙천성을 선사하기 마련이니까. 세계 3차 대전이 발발한다면 분명 그 이유 중 하나는 햇살이 될 것이다.

나는 머리를 썼다. 전과 달리 가장하기로 결심한 것이다. 이유는 두 가지. 하나는 안정적인 삶을 영위하기 위해. 이미 다른 존재로 변한 셈이니까 의식적으로 마음을 다스려서 제멋대로 변하지 않도록 하기 위해. 다음엔 나를 보호하기 위해서. 휘둘리거나 무시당해서 상처받지 않도록. 왜냐하면 나는 사람이 아니라 병든 소니까 무시당할 만하지. 그냥 소도 아니고 병든 소니까. 외로운 게 당연하지. 누가 병든 소에게 다가온다고. 그럼 자살충동도 느껴지지 않을 것이다. 아무렴! 그렇고 말고!

나는 병든 소를 연기하기 시작했다. 〈병든 소의 파란만장한 하루〉나 〈군림하라, 병든 소〉 같은 영화를 찍는 기분으로. 무언가가 되는 데 얽매이지 않으니까 진정 새로운 존재가 된 기분마저 들었다. 한편으로는 부작용도 발생했다. 장벽에 부딪혔달까. 병든 소는 자기암시를 하듯 무의식적으로 중얼거린 대상인데, 연기라는 의식적인 행위를 하기 위해서는 병든 소가 돼야만 하는 당위성이 필요했고, 그 간극이 나를 옥죄어온 것이었다.

우선 병든 소와 나 사이의 연관성 추적 작업에 착수했다. 그 결과 본의 아니게 나는 병든 소에게서 더 멀어지고 말았다. '병든'이라는 형용사는 제쳐두더라도 내가 '소'라는 동물을 떠올린 것 자체가 믿기지 않았다. 아무리 무의식의 영역이라고 되뇌어도 내 내면에 소에게 내줄 자리 같은 건 없었다. 수도권에서 나고 자란 나는 소를 본 게 손으로 꼽을 정도였다. 기껏해야 서부영화에서나 봤겠지. 아니면, 소띠여서 그런가. 혹시 어린 시절 엄마가 나를 송아지처럼 귀여워해줘서? 그래서 무의식에 소가 되고 싶은 욕망이 남은 건가.

나는 시도 때도 없이 소에 대해 생각했다. 음매 음매 운다. 우물거리면서 여물을 먹는다. 되새김질을 한다. 밭을 간다. 나무 그늘에 엎드려서 쉰다. 코뚜레. 젖을 먹는 송아지. 신선한 우유. 유통기한이 지난 우유. 수소에게는 뿔이 있다. 암소에게도 작은 뿔이 있다. 대관령 젖소 농장 투어. 투우. 순종적인 소. 농부의 친구 소. 부지런한 소. 맛있는 한우. 와규. 고베. 마블링. 도축은 비인간적으로 하면 안 된다. 인간적으로 도축하면 괜찮고. 인간적으로.

내가 연기하는 소가 암소인지, 수소인지, 젖소인지 헷갈리기도 했다. 생각보다 소에 대해 무지한 것도, 암소와 젖소를 혼동하고 있었다는 사실도 깨달았다.

어느 순간부터는 '병든'이 혼란을 가했다. 그냥 소도 아니고 병든 소라니. 어떻게 동시에 떠올리게 된 거지? 내 무의식 속에서 병과 소는 대체 어떻게 연결된 거란 말인가.

병 : 사이코—히치콕—새—날개—추락—절벽—오키나와—류큐제도—(　　)

소 : 송아지—우유—하얀색—눈사람—겨울—얼음—수산시장—생선—(　　)

나는 '병'과 '소'에서부터 떠오르는 이미지들을 연상해나갔다. 그러나 아무리 생각해봐도 두 단어 사이의 연관성은 좀처럼 발견되지 않았다.

병든 소에 관련된 자료들을 수집하기도 했다. 보도기사는 모조리 불법도축 관련 범죄, 광우병, 집단 폐사 카테고리에 한정돼 있었다. 눈에 띄는 기사는 단 하나였다. 「병든 소를 우주로 쏘아 올린 이유」. 냉전시대부터 실험 삼아 쏘아 올린 병든 소들의 시체가 지금도 우주에 둥둥 떠다니고 있다는 내용의 러시아 기사를 번역한 기사였다. 우주에서도 지구의 병은 유효한가? 이게 그 기사의 마지막 문장이었다. 기사 하단 링크를 클릭했더니, 영상이 흘러나왔다. 도축장 직원으로 추정되는 청년이 절단기에 뛰어드는 영상이었다.

미셸 우엘벡,《투쟁 영역의 확장》
안드레이 플라토노프, 〈암소〉
손석춘,《아직 오지 않은 혁명》
마르코 알딩거,《흐르는 강물은 속도를 겨루지 않는다》
최동호,《얼음 얼굴》
김종덕 외,《이제마 평전》
《쿨투라 cultura》(2009. 여름 제14호)

병든 소를 조금이라도 다룬 도서 목록은 위와 같다. 기대를 충족시키지는 못했다. 하나같이 병든 소를 상징적으로 다루고 있었다. 내가 원하는 건 있는 그대로의 병든 소였다. 순수한 병든 소 그 자체.

다음은 유튜브에 검색한 결관데, 도움 되는 자료는 없었다.

〈소에 관한 음모:지속가능성의 비밀〉

〈전 사단숭배자 영적전쟁, 마귀, 주술, 사단의 종류를 폭로하다〉

〈소가 미쳤군.. 에구 무서워라 빨리 도망가야지〉

〈정글의 법칙—초원의 소싸움꾼, 누우〉

〈에어볼 천연소가죽화〉

〈우유의 진실, 어미소와 송아지의 강제 이별〉

〈소들의 반란(Revolt of the cows)〉

도무지 결론이 나지 않았다. 무책임하지만 '병든 소'라는 말을 입 밖으로 내뱉은 건 충동적이라고밖에 표현할 수 없겠다. 불쑥 튀어나온 단어들의 조합. 되돌아보면 비슷한 경험이 있었다. 무의식에서 도출된 전생이 실제건 망상이건 상관없이, 백지 위에 써버린 전생을 겸허히 받아들인 경험. 나는 전생에 병든 소였다고 가정한 뒤 글을 쓰는 작업에 착수했다. 가상의 전생에 영감을 받아 더 그럴듯한 병든 소를 연기하기 위해.

목장

병든 소를 완벽하게 재현하기 위한 노력도 게을리 하지 않았다. 언젠가는 목장을 찾아갔다. 남양주에 위치한 작은 목장이었다. 목장주는 소처럼 무언가를 계속 우물거리고 있었고, 소보다 더 소똥 냄새를 풍겼다. 나는 소를 사러 왔다고 했다. 목장주는 귀농을 할 거냐고 참견했다. 나는 아니라고 했다. 목장주는 그럼 도축업이나 도매업, 혹은 식당을 하느냐고 물었다. 나는 단지 소 한 마리가 필요할 뿐이라고 했고, 목장주가 무언가 더 묻기 전에 집안에 경사가 있어서 소를 잡아야 한다고 덧붙였다.

그럼요, 잔치엔 소가 최고죠.

그제야 목장주는 고개를 끄덕이며 따라오라고 했다.

축사 안에서 소들은 세 가지 행동만 했다. 여물을 씹거나 선 채로 울거나 주저앉아 졸았다. 그때 천장에 달려 있는 스피커에서 클래식이 흘러나오기 시작했다. 신기하게도 소들이 웃음을 띠는 것 같았다. 내가 웃는 소들을 바라보고 있으니까 목장주는 클래식 음악이 소의 정신건강에 도움이 된다고 했다.

그래서 맛도 일품입니다. 이 소는 어떤가요?

목장주는 딱 봐도 건강해 보이는 암소를 가리켰다. 그 소는 당장이라도 울타리를 박차고 나올 듯 제자리에서 뛰어오르고 있었다.

너무 건강한데요?

나는 고개를 저었다.

네?

너무 건강하다고요.

건강한 소를 구입하려는 게 아니었어요?

병든 소는 어디에서 구할 수 있죠?

병든 소라고요?

목장주는 비위가 상한 듯 인상을 찌푸리며 반문했다. 나는 고개를 끄덕였다. 목장주는 떨떠름한 표정으로 나를 축사에서 멀찍이 떨어져 있는 허름한 목조 건물로 이끌었다. 깡마른 소 열댓 마리가 격리돼 있었다. 그중 암소 한 마리는 특히 심했다. 몸에는 버짐이 피었고 털이 듬성듬성 빠져 있었다. 제대로 서지도 못했고 눈도 새빨갛게 충혈돼 있었다. 입에서는 신음이 뒤섞인 괴성이 튀어나왔다. 암소 옆에는 병든 송아지도 누워 있었다.

전염병에 걸렸어요. 어린 놈은 아마 오늘 내로 죽을 겁니다.

목장주가 말했다. 나는 저 병든 암소를 달라고 했다.

저 소도 금방 죽을 거라고요. 폐기할 소를 골라놓은 겁니다.

목장주는 도무지 이해하지 못하겠다는 듯한 표정을 지었다. 나는 그 자리에서 현금을 쥐어주었다. 목장주는 악수를 청했다. 돈을 더 지불하자 사람들 눈에 띄지 않게 원룸까지 배달해주었다.

암소는 열흘 정도 더 살다가 죽었다. 줄리라는 예쁜 이름도 붙여주고, 낙지도 특식으로 주고, 담요도 덮어주고, 목욕도 시켜주고, 정성껏 보살펴줬는데도 암소는 끙끙 앓았다. 슈베르트를 틀어줬는데 웃지도 않고! 급기야 죽기 전날에는 마지막 발악인지 눈을 뒤집어 깐 채 아무 데나 들이받는 바람에 하루 종일 방에 숨어 있어야 했다. 나는 줄리가 방문을 들이받는 소리를 들으며 밤을 지새웠다. 다음날 밤, 줄리는 죽었다. 나는 용달차를 빌려서 줄리를 인근 야산에 묻어주었다. 뿔 한쌍은 유품 삼아 챙겨두었다.

소득이 없는 건 아니었다. 나는 그 열흘 동안 줄리를 관찰하고 모사했다. 소 흉내 자체는 어렵지 않았다. 소 울음도 내보고, 여물도 먹어보고, 되새김질도 해보고, 쭈그려서 잠도 자보고, 한 치의 악의도 깃들어 있지 않은 그 동그란 눈을 따라해보기도 하고, 배설물도 아무 데나 싸봤다. 싸늘하게 식은 송아지 시체를 떠올리자 눈물도 맺혔다.

다만 병을 구현하는 게 문제라면 문제였다. 죽음을 목전에 둔 생명체를 연기하는 건 아마추어로서 까다로운 작업이었다. 실제 병에 걸리면 수월할 텐데, 위험 부담은 지기 싫었다. 다른 방도는 없었다. 끝없는 연습만이 유일한 답이었다.

연습으로는 채워지지 않는 근본적인 결핍도 느껴졌다. 나는 인터넷 비밀 동호회에 가입했다. 동호회의 정식 명칭은 '가축이 되고 싶은 사람들'이었고, 약칭은 '축사'였다. 가입신청을 하고 몇 가지 질문에 답하니까 반나절 뒤에 승인됐다는 메시지가 왔다. 카페에는 자신이 가축이라고 주장하는 회원 300여 명이 모여 있었다. 진짜 소가 되려면 어떻게 하나요? 나는 첫 글을 남겼다.

Q&A

Q : 진짜 소가 되려면 어떻게 하나요?

A : 뿔을 달아보세요.

성형외과

뚱한 표정의 퉁퉁한 황인종. 이번엔 여자다. 왜 한국인들은 성별 불문 이런 표정일까. 여긴 '축사'에서 소개받은 성형외과 진료실이다.

어떻게 오셨습니까?

의사가 묻는다. 암호는 해당 동물 울음. 몇 차례 잡아뗄 테니 유의할 것.

음매. 음매.

나는 나지막이 소 울음소리를 냈다. 의사의 표정이 일순간 일그러졌다. 어떤 의미일까. 증오? 당혹감? 나는 의사의 눈을 응시했다. 정적이 계속됐다.

음매. 음매.

참다못해 정적을 깼다.

글쎄, 어떻게 오셨냐구요.

의사가 한숨을 쉰 뒤 되묻는다.

쌍꺼풀 수술 하려고요?

의사가 시치미를 떼고 묻는다.

음매. 음매.

그럼 코?

음매. 음매.

성형하러 오신 거 아니었어요?

음매. 음매.

내가 계속 울자 의사는 나를 뚫어지게 바라보다가 고개를 내두른다.

음매. 음매.

나는 더 크게 운다.

쉿.

의사가 손가락을 입에 대곤 문을 잠근 뒤 전화기를 든다.

아무도 들여보내지 마세요.

의사가 간호사에게 지시한다.

불법 수술 단속 기간입니다. 찾아오지 말라니까 왜 이렇게 말을 안 들어요?

의사는 전화기를 내려놓으며 나를 책망한다.

음매. 음매.

'축사'에서 왔죠?

의사가 묻는다.

음매. 음매.

내가 또 울자 의사는 고개를 절레절레 흔든 뒤 서랍 잠금 장치를 열고 사진첩을 꺼내들었다. 사진첩은 동물별로 분류

돼 있었다. 돼지 코, 토끼 귀, 닭 벼슬 같은 걸 이식한 사람들이 보였다. 그들은 과감하지 못했다. 실리콘으로 모양을 본떠 삽입한 것이었다.

음매. 음매.

선생님은…… 소로군요.

의사가 사진첩을 넘기자 소 챕터가 나왔다. 실리콘 뿔을 두피에 심은 인간 소들.

저는 실리콘이 아니라 소뿔을 달고 싶습니다.

나는 가져온 상자를 책상에 올렸다.

이게 뭔가요?

의사가 물었다. 나는 대답 대신 상자를 열었다. 줄리가 남긴 한 쌍의 소뿔이 들어 있었다. 의사는 뿔을 매만지기도 하고 코에 가까이 대고 킁킁거리기도 했다. 의사의 뚱한 표정이 살짝 일그러졌다가 다시 뚱해졌다.

소뿔이군요. 불가능합니다. 부작용이 생겨서 위험해요. 다른 사람들처럼 실리콘은 어떠세요?

저는 진짜처럼 보이고 싶습니다.

무슨 마음인지는 알겠는데…… 쉽지 않습니다.

실리콘 뿔을 달고도 진정한 소가 될 수 있나요?

내가 묻는다.

선생님 하기 나름이죠.

뚱한 표정의 퉁퉁한 황인종이 말끝을 흐렸다.

실리콘 뿔

두피에 실리콘을 넣었다. 머리통을 만지면 두 덩이의 실리콘 뿔이 봉긋 솟아올라 있는 게 느껴졌다. 그런데 아무도 눈치 채지 못했다. 삭발까지 했지만 나를 본체만체했다. 심지어 오랜만에 본가에 갔는데, 엄마 아빠도 알아보지 못했다. 엄마는 한술 더 떠 다 큰 놈이 왜 삭발을 했냐고 잔소리를 했다.

어릴 땐 두상이 밤톨처럼 예쁘더니. 왜 이렇게 울퉁불퉁해졌어.

엄마가 속상해했다.

혹이 아니라, 뿔이야. 뿔!

정신 나간 놈. 네가 소냐?

엄마가 혀를 끌끌 찼다.

그나마도 시간이 흐르자 실리콘은 흐물흐물해져서 가라앉았다. 진정해. 나 하기 나름이야. 나는 의사의 말을 떠올리며 스스로를 다독였다.

수확은 있었다. 자신감. 소처럼 보이기 위해선 못할 게 없다는 자신감. 나는 무엇이든 할 수 있다.

나는 소다. 음매. 음매. 영어로는 무무. 불어로 므. 중국어로는 모모. 언제 어디에서나 음매 음매거리며 네 발로 걸어다니지. 여기에 약간의 상상력만 발휘하면 된다.

　꼬리를 상상한다. 길이는 얼마 정도가 적당할까. 32센티미터 정도? 꼬리를 좌우로 휘젓는다. 붕붕 대기를 가르는 소리가 들린다. 꼬리에 느껴지는 시간과 분위기.

　초원을 상상한다. 초원을 걷는다. 평평함. 부드러움. 네 발에 닿는 물기 어린 대지. 시야의 끝까지 같은 빛깔인 공간을 걸으면 미로를 헤매는 것 같은 기분이 든다.

　소의 일생을 상상한다. 배가 고프면 주둥이를 내리고 풀을 뜯어 먹는다. 오줌도 싸고 똥도 싼다. 배설물이 더럽다는 관념이 없다. 배설물 위에서 마음껏 뒹군다. 그래, 나는 암소일지도 모른다. 나를 본 수소의 생식기가 부푼다. 교합을 하지만 쾌감을 느끼지는 못한다. 송아지를 낳고 키운다. 송아지가 병들기를 바란다. 아니, 병든 척할 만큼 영악해서 삶을 평안하게 영위하기를 바란다.

　병을 상상한다. 브루셀라병, 우결핵, 기종저, 구제역…… 체내에 병균이 침투하고 나는 시름시름 앓는다. 전염병에 걸린 것 같다. 기침을 해본다. 한 발을 디디고 기침. 또 한 발을 디디고 기침. 다리를 절어본다. 지구가 삐걱거린다. 몸을 뒤집는다. 30°, 60°, 90°, 120°, 150°, 180°…… 괜찮아. 360°가 코앞이야. 배를 움켜잡고 땅바닥에 구르거나 피를 토해보는 건 어때? 나랑 닿기만 해도 너희 몸이 썩어 문드러질걸? 난생 처음 큰소리도 쳐본다. 사람. 토끼. 오랑우탄. 사슴. 양. 염소. 족제비. 모든 생물들이 나를 피한다. 나를 체념 어린 눈으로 바라보는 건 동물원에 갇힌 동물들뿐이다.

산책

연습은 이만하면 충분하다는 생각이 들었다. 끝끝내 고민되는 지점도 있었다. 암소와 수소의 갈림길에서 갈피를 잡지 못한 것이다. 어느 순간 나는 고민할 필요가 없다는 걸 깨달았다. 어차피 연기하는 거잖아. 때에 따라 유리한 성별을 선택하면 되잖아.

나는 밖으로 나섰다. 첫 행선지는 동물원이었다. 나는 사자 우리에 다가가서 소리 죽여 울었다. 축 늘어져 있던 사자들이 으르렁거리며 다가왔다. 나는 줄행랑을 치면서도, 드디어 몸에 소의 체취가 배인 것 같아서 뿌듯했다. 자신감이 붙었다. 다음에는 하천변을 걸었다. 사람들은 조깅을 하거나 데이트를 했다. 하천의 오리도 평화로워 보였다. 한 마리의 건강한, 아니, 병든 소까지 아름답고 조화로우면서도 생동감 넘치는 풍경이었다. 연습의 성과도 나타났다. 곳곳에서 나를 바라보는 눈길이 느껴지는 것이었다.

세상에. 다 큰 어른이 네 발로 걷고 있잖아.

사람들이 탄성을 내뱉었다. 사진을 같이 찍자는 아이들도 있었다. 처음에는 쭈뼛거렸지만 금세 긴장이 풀렸다. 이토록 관심을 끄는 존재가 되다니 나 자신이 자랑스러웠다. 그러나 관심도 잠시였다. 행인들은 금세 나를 외면하고 제 갈 길을 갔다. 나는 기가 죽어서 발걸음을 옮겼다.

미친놈.

그때 어떤 남자가 나를 보고 중얼거렸다.

음매. 음매.

나는 인사를 건넸다. 그는 인사도 받아주지 않고 그 자리에 멈춰 선 채 나를 노려봤다. 나는 그와 대화를 나누기 위해 가까이 다가갔다. 그러자 그는 낯빛이 어두워지더니 꽁무니를 내뺐다. 잠시 뒤엔 내가 달아나야 했다. 경찰이 나를 잡기 위해 쫓아왔던 것이다.

나는 경찰을 따돌린 뒤 공원으로 향했다. 해가 떨어지고 있었고, 공원은 한산했다. 아무리 소 흉내를 내도 봐줄 사람 하나 없었다. 나는 벤치에 앉았다. 그때였다. 저 멀리에서 누군가 걸어오고 있었다. 젊고 호리호리한 여자였는데, 왠지 사람처럼 느껴지지 않았다. 그녀는 사이보그처럼 뚜벅뚜벅 걸어서 광장 한가운데 섰다. 나는 무슨 일인가 해서 그녀를 지켜봤다. 그녀는 한 시간가량 미동 없이 서 있었다. 특이한 점이라면, 하늘을 향해 입을 벌리고 있는 것이었다. 나는 호기심이 동했고, 조심스럽게 그녀에게 다가갔다. 그녀는 내게 눈길 한번 주지 않았다. 나는 점점 대범해져서 그녀 곁을 맴돌았다. 어깨에 살짝 손을 대보기도 하고 귀에 대고 음매 음매 거리기도 했다. 그녀는 여전히 내게 무관심한 것처럼 굴었다. 나는 그녀와 가까운 벤치에 앉았다. 간혹 행인들이 그녀의 입에 쓰레기를 버렸다. 그녀는 쓰레기를 우물거리다가 삼켰다. 나는 그녀에게 슬쩍 다가갔다.

넌 누구지?

내가 속삭였다.

휴지통.

그녀도 속삭였다.

어떻게 휴지통이 됐어?

취직이 안 돼서.

저런.

왜 이렇게 알짱거려. 귀찮게 굴지 말고 꺼져.

그녀가 쏘아붙였다. 나는 그녀를 지나쳐서 분수대 쪽으로 걸어갔다. 저 멀리서 누군가 기어오고 있었다. 젊은 남자였는데, 다리가 여섯 개였다.

넌 누구니?

내가 물었다. 가까이서 보니 그의 머리에는 더듬이가 나 있었다.

나 개미. 거리를 돌아다니며 행정고시 공부를 하고 있지.

그가 답했다.

개미 인간도 있었구나.

나는 손가락으로 그를 잡아 올렸다.

얼른 가서 복습해야 하니까 이만 놔줄래?

그가 다리 여섯 개를 버둥거렸다. 나는 그를 땅에 내려놓았다. 그는 서둘러 사라졌다.

밤이 됐다. 사위는 어두워졌고, 나도 어둠에 묻혀버렸다. 사람들은 내가 병든 소라는 사실을 더욱 깨닫기 힘들어질 것이었다. 나는 집으로 발걸음을 돌렸다. 큰길로 나갔더니 동물병원이 보였다. 나는 그 앞에 섰다. 유리창 뒤편으로, 우리에 갇힌 채 잠든 개와 고양이들이 보였다. 애완동물들 사이에 정장 차림의 여자가 꼬리를 말고 웅크리고 있는 게 보였다. 나는 유리창을 두드렸다. 그녀는 눈을 뜨고 나를 바라봤다. 나는 고개를 끄덕였다. 그녀는 고개를 끄덕인 뒤 엎드려서 잠을 청했다.

정착

여기는 경기도 남부에 위치해 있는 사설 직업학교다. 정착할 공간을 찾아 헤매다 우연히 발견한 곳이다. 직업학교는 재활원 역할도 겸하고 있다. 정신적 신체적 재활이 필요한 이들에게 치료와 직업 교육을 병행하는 것이다. 홍보 브로슈어에 설명돼 있듯이 인간 구실을 하는 사회인으로 개조하는 게 직업학교의 궁극적인 목표다.

직업학교에 정착한 이유. 어떻게 하면 병든 연기를 좀 더 실감나게 할지 고민하다가 착안한 아이디어다. 여기에 있으면 애써 티 내지 않아도 병들었다고 여기겠지. 병든 척하기 한결 수월할 거야. 선입견과 고정관념을 이용하는 거지. 정신분석의가 발급해준 진단서만 있으면 소라고 주장해도 의심 없이 믿어줄 거고. 작전은 성공이었다. 모두 나를 아무런 악의 없이 병든 소로 대하는 것이다.

나로 말할 것 같으면 직업학교의 모든 게 마음에 든다. 풍수지리상 명당이라는 소문이 사실인지 볕도 잘 들고 바람도 잘 통한다. 증축한 지 얼마 되지 않아서 인테리어도 예쁘고 시설도 최신식이다. 주민들이 섣불리 다가올 정도로 친근한 이미지는 아니라서 조용하다. 그뿐인가. 금전적으로도 이득이다. 내 소득이 평균보다 훨씬 낮은 수준이라서 정부지원금이 나오고, 나는 무상으로 직업학교에 머무를 수 있다.

들어오고 나가는 걸 감안하면, 직업학교 학생들은 평균 50명. 머지않아 몇 명 소개할 기회가 있을 것이다.

그런데 우리가 진짜 아픈 줄 아는가? 우리가 사회부적응자인가? 그렇게 주장하면 저절로 성공한 사람이 되는가? 우리의 병은 외부에서 씌운 프레임이다. 우리를 병자나 낙오자 취급하는 건 본인들이 정상이라는 걸 손쉽게 설명하기 위해서이다.

우리는 모두 정상이다. 숨기고 있을 뿐이다. 아니면 나처럼 연기하고 있거나. 우리는 세상 사는 법을 간파한 전략가, 인간사 희노애락이 부질없다는 것을 깨달은 구도자, 세계를 기만하는 천재들이다.

주민들은 우리를 보면 집값 떨어진다며 손가락질하지만, 우리는 우리 나름대로 그들을 향해 혀를 찬다. 아니, 아직도 일하는 게 중요하다고 생각해? 병든 소인 척만 하면 삼시 세끼 밥도 먹여주고 사계절 내내 온수로 목욕도 할 수 있고 푹신한 침대에서 잠도 재워주는데? 너희는 대체 무슨 병에 걸렸길래 주제 파악을 못하니?

한때 병명을 유추하는 놀이를 즐기기도 했다. 텔레비전에 나오는 유명인사부터 주민까지 모두 놀이 대상이었다. 분노 조절장애, 적대적 반항장애, 반사회적 인격장애, 품행장애, 뮌하우젠증후군…… 표정이나 작은 행동만 봐도 어디가 아픈지 티가 난다. 부와 명예의 주도권을 잡으려면 병명을 밝혀선 안 된다는 것도 안다. 그러다 병이 위중해질걸. 마음 편히 먹고 커밍아웃해봐. 만사가 즐겁고 행복하게 느껴질걸.

가장 꼴사나운 건 봉사자들이다. 대학 동아리나 각종 종교단체, 향우회 등지에서 정기적으로 봉사활동을 오곤 하는데, 그들이 그렇게 봉사에 열심인 이유는 간단하다. 우리보다 우위에 서 있다는 것을 과시하기 위해서다. 빌어먹을 공명심. 자존감 낮은 녀석들. 병적으로 자기중심적이지. 에고마니아. 내가 꼬여 있다고? 오산이다. 나는 봉사자들과 달리 이타적이다. 봉사자들의 기분에 맞춰 신난 척 해준다. 솔직히 실제 기분도 괜찮다. 그들은 병든 소가 기쁘면 같이 웃어주고, 병든 소가 슬프면 함께 눈물도 흘려주고, 병든 소가 아프면 간호해주며 가엾게 여겨준다. 빤한 거짓말을 해도 병든 소의 이야기에 흠뻑 빠져들어준다. 아무리 엉뚱한 말을 해도 구박하지도 비웃지도 않는다. 죽은 척 같은 걸 하지 않아도 병든 소는 존재감이 넘친다. 병든 소가 없어지면 모두 병든 소를 부르며 찾아 헤매는 것이다. 가끔 일부러 숨어버리기도 하는데 그때마다 잊지 않고 찾아준다. 그럼 병든 소는 삶의 주인공이 된 것 같아서 가슴이 벅차오른다.

병든 소, 좋은 아침!

병든 소, 별일 없지?

병든 소, 밥은 먹었니?

병든 소, 아픈 덴 없니?

병든 소, 기분은 어때?

병든 소, 좋은 하루!

병든 소, 잘자!

자원봉사자들은 싱긋 웃으며 병든 소의 안부를 챙긴다. 병든 소는 인사 대신 혀로 그들의 얼굴을 핥아준다. 그럼 모두 행복해진다. 하늘이 맑고 날이 포근하기만 하면 그날은 누구에게나 생애 최고다.

방심은 금물. 병든 소는 병든 행색을 게을리 하지 않는다. 신체 질환은 티나기 마련이므로 정신질환을 선호한다. 병든 소는 정신분열도 겪고 환각도 보고 환청도 듣는다고 스스로에게 주입시킨다. 때론 커다란 초콜릿을 입에 욱여넣고 싶을 만큼 우울하고, 때론 짝사랑했던 친구도 실은 내게 관심이 있었던 것을 안 것처럼 설레고, 때론 운동장을 쉬지 않고 달린 것처럼 숨을 헐떡인다. 어려운 건 없다. 듣고 싶은 걸 듣고, 보고 싶은 걸 보면 된다. 말하고 싶은 걸 말하고, 원하는 걸 원하면 된다. 생각하고 싶은 걸 생각하고, 상상하고 싶은 걸 상상하면 된다. 절제하지만 않으면 된다. 절제하지만 않으면.

세 가지 생명

반복해 말하지만, 직업학교 생활은 이루 말할 수 없이 만족스럽다. 얼마나 편한지 체중도 10킬로그램 넘게 불었다. 혈색이 좋아졌다는 이야기도 많이 들었다. 나는 되도록 오랫동안 이곳에서 버텨야 한다고 판단했다. 그러기 위해서는 안전장치를 하나 더 마련해야 했다. 병든 소의 민낯이 폭로돼도, 내가 바로 노출되는 걸 미연에 방지하기 위해 제3의 존재를 창조한 것이다. 나는 어지간해서는 모습을 드러내지 않을 작정이다. 혼잣말을 중얼거릴 때나 내면이 동요할 때를 제외하곤.

거짓말을 했다. 제3의 존재는 아직 없다. 이제 만들어야지. 아무래도 사람이 연기하기 편하겠지? 음, 나이는 열넷 정도? 초등학교 6학년인가. 중학교 1학년인가. 학교는 다니지 않는다. 부모는 없다. 본명은 밝히지 않겠다. 생김새는 동글동글한데, 오른쪽 눈을 비비는 버릇이 있어서 항상 오른쪽 눈이 충혈돼 있다. 별명은 나무. 나무를 유독 좋아해서 나무다. 좋아하는 색은 은행잎 색. 나무는 나무만 있으면 잠깐 걷는 걸 멈추고 나무를 지긋이 바라본다. 바람결에 흔들리는 나무. 단풍으로 물든 나무. 눈 덮인 나무. 매미가 달라붙어 있는 나무. 비를 맞는 나무. 나무는 뿌리가 뽑힌 채 나뒹구는 나무를 제외한 모든 나무를 좋아한다.

나무는 숨을 예쁘게 쉬잖아. 언제나 평정심을 유지하면서. 나무를 보다 보면 나도 저절로 숨을 예쁘게 쉬게 돼. 흔들리던 마음이 가라앉고.

누가 이유를 물어보면 나무는 이렇게 대답한다.

나무의 특기는 그림 그리기다. 내 눈에는 재능이 있어 보이는데, 대다수는 낙서처럼 느낄 것 같다. 나무는 자화상을 주로 그린다. 이유는 잘 모르겠다. 거울 보는 건 싫어하면서 왜 그럴까. 본인의 얼굴에 질색하는 것 같은데. 쇼윈도나 차창이 보이면 항상 얼굴을 돌리잖아. 네가 외면해도 네 얼굴은 그대로야, 멍청아. 너만 빼고 모두 그 얼굴을 보고 있다고.

자화상을 그릴 때면, 나무는 본인을 그려야 할지 병든 소를 그려야 할지 나를 그려야 할지 헷갈린다. 기분에 따라, 감정에 따라, 분위기에 따라, 혹은 날씨에 따라, 충동에 따라, 때론 병든 소를 그리고 때론 나무를 그리고 때론 나를 그린다. 병든 소와 나무를, 나무와 나를, 나와 병든 소를 동시에 그리기도 한다.

때론 셋 다 동시에. 나무, 되도록 나를 드러내지 말란 말이야. 속마음을 들키기라도 하면 직업학교에 발붙이고 있지 못할걸. 그래도 나무는 자신의 모든 걸 표현하고 싶은 충동을 참지 못한다. 이해 못하는 건 아니다. 숨김없이 분출하고 싶은 나이니까.

병든 소가 너무 나무 이야기만 했다고 섭섭하다네. 병든

소, 네 잘못이야. 네가 나무처럼 장기가 있다면 진작 자랑했
겠지. 게으른 병든 소, 자기계발에 힘을 쏟으라고. 병든 소가
입술을 죽 내밀고 나에 대해 말해보라네. 게으르기로는 나도
만만치 않다면서. 맞아, 나 역시 자랑거리는 없어. 나도 동의
한다. 넌 항상 그게 문제야. 결정적인 순간에 순응하고 포기
하지. 계속 그렇게 살 거야? 자랑이 아니라도 좋아. 너에 대해
서라면 어떤 말이든 해봐. 이참에 극복해보라고. 병든 소가
나를 도발한다. 뭘 말해야 할까. 그래, 나는 나무와 병든 소
가 내심 두렵다. 이러다가 내가 완전히 없어질까봐. 내가 불
안에 떠는 건 비밀이다. 누군가 이 사실을 알면 내가 사라진
다는 게 세간에 알려지고 그게 진실이 될까봐. 두려움이 일
때마다 나는 거울을 보며 나를 기억하려고 애쓴다. 어느 날
거울 속에 내가 보이지 않으면 어쩌지? 나무나 병든 소만 보
이면 어쩌지? 그럼 어떻게 해야 하지? 거울을 깨버릴까? 거
울 조각으로 손목을 그어버릴까? 그럼 누가 죽는 거지? 나?
병든 소? 나무? 모든 걸 숙명처럼 받아들여야 하나? 내 죽음
은 누가 누구에게 전달하지? 모호, 넌 날 기억할 거지?

병든 소, 나무, 너희를 탓하는 게 아니니까 서운해하지 마.
알았어. 다른 이야기를 할게. 아, 이게 적합하겠어. 나는 여기
에서도 글을 쓴다. 예전처럼 강박적으로 매달리는 건 아니고,

가볍게 일상과 단상을 끼적이는 정도다. 모호와 나눈 텔레파시를 옮겨 적기도 한다. 병든 소와 주고받은 이야기를 메모하거나 나무의 그림을 붙여놓기도 한다. 나는 노트를 침대 시트 속에 숨겨둔다. 내심 누군가 보고 나를 이해해주길 바라지만 보여줄 용기가 없다. 두렵기도 하다. 글에는 진실이 들어가 있기 마련이고, 개구리에게 발각된 것처럼 내 존재를 들킬 수도 있으니까.

글을 쓸 때 만큼은 병든 소, 나무와 헤어진다. 병든 소와 나무를 연기하고 있으면 하루에도 몇 번씩 이 시간을 간절히 원한다. 그들과 함께 있는 척하다 보니 언제부턴가 진짜 내가 셋이 된 것처럼 헷갈린다. 글 쓰는 시간이 없었다면, 나는 나와 병든 소와 나무 사이를 오가는 사이코패스가 됐을지도 모른다.

그러고 보니 또 우울한 이야기를 해버리고 말았네. 우울한 감정은 전염되는데 말이야. 너희들 탓이잖아! 내 이야기를 해달라고 졸랐잖아!

토끼 머리

오랫동안 직업학교에 머무르기 위해서는 무엇보다 교장에게 잘 보여야 한다. 첫 면담에서 교장은 직업학교가 나처럼 가엾은 사람을 무상으로 보살펴주는 걸 행운으로 알라고 했다. 나는 동의하며 여기에 평생 살려면 어떻게 해야 하느냐고 물었다.

다른 건 필요 없어. 내 마음에만 들면 돼.

교장이 대답했다.

기억난다. 그날 나는 교장실에 있었다. 교장은 책상에 앉아 있었고, 나는 그 앞에 서 있었다. 두 손을 곱게 모은 채. 그러고 보니 교장은 정신분석의, 성형외과의 두 의사와 생김새가 비슷했다. 뚱한 표정을 짓고 있는 마흔 살가량의 퉁퉁한 황인종.

대학도 졸업했고, 군대도 다녀왔고, 직장도 다녔네. 50년 전만 됐어도 지식인에 사회지도층이었어. 인간 구실을 못하는 걸 창피하게 여기라고. 어라? 결혼도 한 적 있네? 어머님께서 올해 환갑이시던데, 잔치는 해드렸나?

교장이 내 신상명세서를 훑어보며 지껄였다. 오지랖은. 씹새끼. 그러고 보니 엄마를 잊고 있었네. 엄마, 미안. 엄마는 더 이상 언급되지 않을 것이다. 갈비찜을 싸들고 면회도 왔는데,

냉정하게 돌려보냈다. 섭섭해하지 마, 엄마. 나는 엄마를 기억에서 지워야 해. 병든 소가 되려면.

키. 몸무게. 시력. 혈액형. 본관. 주소. 학력. 나를 증명하는 요소들이 교장의 입을 통해 줄줄이 흘러나왔다.

당신이 정상이 아니라고? 이거 사기 치는 거 아니야? 누군가를 피해 숨은 거지? 쫓기고 있지? 달아난 거지? 빚이 많아? 원수 진 일 있어? 사람이라도 죽였어? 나한테만 솔직히 말해봐. 당신은 누구지?

교장이 몰아붙였다.

저는 병든 소입니다.

뭐라고?

병든 소입니다.

허튼소리. 여기에는 네가 사람이라고 나와 있는데?

그가 신상명세서를 들고 흔들었다.

속임수입니다. 살아가기 위한 속임수요. 인간 흉내를 좀 냈죠. 제가 병든 소라는 걸 알면 누가 좋아하겠어요. 누가 저를 이 세상에 살도록 가만두겠냐고요. 따돌리거나 격리시키지. 죽일 수도 있어요. 동물원에서 탈출한 퓨마를 사살하는 거 봤죠?

속임수라.

그가 미간을 어루만졌다.

교장님 말씀이 맞아요. 저는 제가 병든 소라는 걸 눈치 챈 사람들을 피해 도망쳐 온 거예요. 인간은 자신과 다른 존재가 버젓이 살고 있으면 가만두지 않는 법이거든요. 저는 평생 인간인 척하며 살아왔습니다. 본성을 속이다 보니 지칠 대로 지쳤어요. 그리고 이건 교장님께만 말하는 건데, 저는 사실 병든 소도 아닙니다.

그럼?

열네 살짜리 소년입니다. 사실 사람이죠.

내가 속삭였다. 교장이 고개를 갸우뚱했다.

이름은 나무. 나무를 좋아해서 나무죠.

내가 덧붙였다. 교장이 잠시 나를 노려보더니 자리에서 일어나 내게 다가왔다. 나는 깜짝 놀랐다. 앉아 있을 땐 몰랐는데, 그의 하반신은 나체였다. 교장은 나도 벗고 있으니까 너도 벗어야 공정한 게임이지, 따위의 말을 했다. 그런데 대체 뭐가 공정한 게임이라는 거지? 이 작자는 왜 벗고 있는 거지? 머릿속이 혼란스러웠다.

나는 바지를 벗었다. 교장은 손을 뻗어 내 몸 이곳저곳을 어루만졌다.

신체는 모두 정상이군. 건강한 신체에 건강한 정신이 깃드는 법. 회복의 가능성이 높군. 그래, 소라고? 아직 마음 안 변했지?

교장이 내 가슴팍을 콕콕 찌르며 물었다. 왠지 모르게 찝찝했지만 나는 고개를 끄덕였다.

소처럼 울어봐.

교장이 주문했다.

음매. 음매.

네 발로 걸어야 소지.

나는 네 발로 엎드린 채 음매 음매 울었다.

그래, 이제야 조금 소 같네.

교장이 히죽거렸다.

알겠어. 넌 병든 소야. 병든 소가 아니더라도 열네 살짜리 소년 나무고. 난 사람이고 어른인데다가 여기 교장이지. 어떻게 보든지 너보다 위야. 그러니까 내게 복종해야겠지? 이 울타리 안에서 계속 여물을 받아먹고 살려면? 그치 병든 소? 아니, 나무?

그가 내 머리를 쓰다듬으며 말했다. 나는 고개를 끄덕였다. 꽤 세차게 흔들었던 것 같다. 교장은 만족한 듯 웃음을 지었다.

잡아.

교장이 말했다. 나는 책상 모서리를 잡고 섰다. 교장이 실실거리며 내 등 뒤로 돌아갔다. 뒤편에 왠지 모를 오싹한 기운이 느껴졌다.

회복하려면 정신부터 다잡아야 돼. 인간은 인간답게 살아야지. 전부 마음먹기에 달렸어.

뒤통수 부근에서 그의 음성이 들렸다. 대체 무슨 속셈일까. 식은땀이 흐르기 시작했다.

여기 있는 동안 널 사람으로 만들어주겠어. 인간의 기본은 예절이야. 인사는 예절의 시작이지. 안녕하세요. 처음 뵙겠습니다. 따라해봐!

그가 이렇게 말하면서 성기를 내 항문에 박아넣기 시작했다. 항문섹스는 처음이었고, 존나 아팠다. 존나. 개새끼.

안녕하세요. 처음 뵙겠습니다.

내가 말했다.

더 크게! 더 상냥하게!

안녕하세요! 처음 뵙겠습니다!

내가 외쳤다. 교장이 내 머리칼을 거칠게 움켜쥐며 허리를 거세게 놀리기 시작했다. 내 얼굴이 고통에 일그러졌다. 내 얼굴이 보일 리 없지만 그렇게 느껴졌다.

다음날에도 교장은 나를 호출했다. 항문섹스는 일종의 기선제압이었는지 그는 더 이상 나를 건들지 않았다. 섹스에 아예 관심 없는 것처럼 심드렁하게 굴었다. 그는 시종일관 본인에 대해 이야기했고, 자기자랑을 하는 데 온 정신이 팔려 있었다. 자기애적 인격장애.

인간과 동물의 차이가 뭔 줄 알아? 바로 청결이야. 인간이 되기 위해서는 청결을 유지해야 돼. 고양이처럼 본능적 청결이 아닌 이성적 청결. 그게 바로 인간의 사회화 과정이지. 코, 항문, 땀구멍, 생식기. 구멍을 통해 외부로 분비물을 방출하는 기관들은 특히 더러워. 그중에서도 정액이나 소변을 분출하는 생식기와 대변을 내보내는 항문이 가장 더러운 기관이지. 그러니까 넌 영광으로 알아. 내가 네게 보람된 업무를 줄 테니. 이건 일종의 수련이야. 익숙해지면 네게 그대로 적용하면 된다고. 네가 보다 인간에 가까워지도록 말이야.

어느 순간 교장은 본심을 드러냈다. 그때 나는 알게 됐다. 그가 언제라도 생식기와 항문을 세척할 수 있도록 하의를 벗고 다닌다는 걸. 청결에 대한 강박증과 자기애적 인격장애의 결합. 교장은 인간 개조가 가장 시급한 중환자였다.

나는 교장의 생식기 청소부가 됐다. 특별히 어려운 일은 아니라서 금방 손에 익었다. 교장이 소변이나 정액을 분출하면,

펠라티오나 핸드잡으로 생식기를 세운 뒤, 비누나 바디클렌저로 1차 세척을 하고, 식염수, 거즈, 면봉 같은 도구를 활용해서 2차 세척을 하면 끝이다.

나는 교장의 생김새를 묘사할 수 없다. 통통한 황인종이라는 것 말고는. 당연하다. 교장을 제대로 본 적이 없으니까. 교장은 내가 오면 생식기부터 들이밀었다. 맞아, 그러고 보니 교장의 생식기라면 자세하게 묘사할 수 있다. 검푸른 빛이 돌았고, 기름기 하나 없이 건조해서 돌기에 백태처럼 희끗희끗한 게 끼어 있었다. 길이는 대략 16센티미터. 조금 과장하면 두께는 연필처럼 얇았다. 발기하면 귀두 측면 살갗이 유난히 불거져나와서 축 늘어진 토끼 귀 같은 형상으로 변했다. 때에 따라서 날개를 펼친 백조나 박쥐처럼 보이기도 했는데, 나는 백조나 박쥐보다 토끼가 마음에 들어서 교장의 생식기를 토끼 머리라고 불렀다. 그러다 보니 어느 순간부터 교장도 토끼 머리라고 인식하게 됐다.

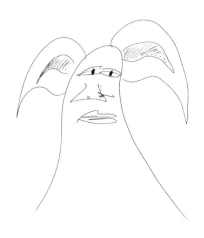

토끼 머리를 닦고 있으면 토끼 머리는 갖가지 비밀 이야기를 해줬다. 토끼 머리는 지역 사회 명망 높은 자선사업가다. 토끼 머리의 선친은 사학재단 이사장으로 말년에 재활원을 운영했는데, 토끼 머리가 물려받고 나서 재활원 특유의 어두운 이미지를 쇄신시켜서 땅값을 올리기 위해 직업학교 인가도 받았다. 덕분에 보건복지부와 노동부 양쪽에서 지원금을 받을 수 있다. 지원금은 눈 먼 돈이다. 구실만 찾으면 손쉽게 착복할 수 있다. 토끼 머리는 지원금을 세탁한다. 지인이 운영하는 생활용품업체와 계약을 체결한 뒤 백마진을 받고, 식자재 단가를 부풀려서 보고한 뒤 차액을 챙기고, 간병인과 직원을 고용했다는 허위 보고서를 제출한 뒤 그들 몫으로 책정된 급여를 슬쩍한다. 토끼 머리는 돈을 모아 학교 옆에 으리으리한 별장을 짓고 싶어 한다. 별장의 도면을 보여준 적도 있다. 그는 말만 잘 들으면 작은 방을 하나 마련해준다고 했다.

방에는 커다란 창이 있는데, 창밖으로 아름드리 나무들이 가득할 거야, 나무. 벽지도 나무 문양으로 해줄까?

토끼 머리가 나무를 꼬드겼다. 나무는 진종일 방에서 창밖 풍경을 보면 소원이 없겠다며 기대에 부풀었다. 나무, 정신 차려. 별장에 갇히면 완전 노예가 되는 거라고.

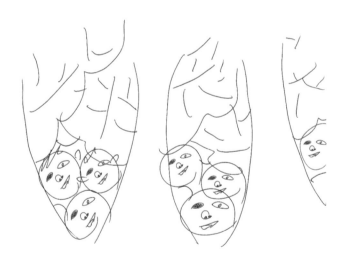

정기 검진

나는 입이 무겁다. 말실수라도 해서 정체가 탄로날까봐 조심하는 것이다. 그래서 내가 가장 무서워하는 건 질문이다. 대부분 내가 입을 닫으면 몇 번 시도해보고 물러나니까 별 문제가 없다. 그러나 오늘은 다르다. 정신을 바짝 차려야 한다. 소시오패스들이 질문을 퍼붓는 날이기 때문이다. 그들은 정기 검진을 나온 인근 군부대 군의관이나 국립대학병원 레지던트들인데, 마약탐지견처럼 끈질기게 나를 추궁하고 의심한다. 그들의 진단에 의하면 나는 쇼크로 신경계에 위축이 왔다. 그들은 나를 대상으로 논문을 쓰는 중이다. 우측 전두 피질 뉴런에 대한 암막적 반응. 이게 제목이랬나.

지금 나는 진료실에 앉아 있다. 내 앞에는 소시오패스가 앉아 있고.

오늘도 아무 말 안 할 거죠?

의사가 묻는다. 나는 눈을 끔뻑이며 못들은 척했다. 귀머거리 벙어리 노릇도 하루이틀이지. 지겹다, 지겨워.

자동차를 그려보세요.

의사가 백지를 내밀었다. 나는 강아지를 그렸다. 강아지를 자동차로 여기면서 그리는 게 포인트다.

왜 강아지를 그렸나요?

의사가 물었다.

이건 자동차입니다.

그럼 강아지를 그려보세요.

의사가 미간을 어루만졌다. 나는 자동차를 그렸다. 구조를 바라는 듯 차창을 두드리는 소년도 그려넣었다. 소년은 다섯 쌍의 눈을 갖고 있었다.

부릉. 부릉. 부릉.

내가 중얼거렸다.

구제불능이군.

의사가 차트에 뭐라고 쓰면서 중얼거린다. 그런데 너희는 언제까지 속을 작정이니?

구제불능이군.

나는 의사를 따라 중얼거린다.

항문 청소부

공들여 토끼 머리를 닦아주면 토끼 머리는 콧노래를 부른다. 뭐가 그리 즐거운지 공감은 되지 않지만. 그래도 외롭진 않다. 오늘부로 맞은편에 토끼 머리에게 공감하지 못하는 동료가 생겼기 때문이다.

동료의 이름은 진진. 토끼 머리의 항문 청소부. 토끼 머리는 항문을 닦고 있는 동안 몇번이고 똥을 싸지른다. 진진은 똥을 뒤집어쓰고도 묵묵히 항문을 청소한다. 비위가 좋은 친구다. 생존 욕구가 강한 친구라고 해야 하나.

진진은 얼마 전 직업학교로 흘러들어 왔다. 병든 소 말로는 우리가 정착하기 전에도 학교에 있었는데, 도망쳤다가 되돌아온 거라고 한다. 단발머리 진진. 수수깡처럼 깡마른 진진. 엄마에게 버림받은 진진. 문신을 한 것처럼 온몸에 자해 흔적이 가득한 진진. 길고양이처럼 불안한 표정으로 연신 주변을 살피는 진진. 진진은 나무와 동갑이다. 이른 나이에 여기에 온 것을 보니 현명한 친구네.

진진이라고 부르면 돼.

진진이 무뚝뚝하게 말한다. 토끼 머리의 방에서 빠져나와서 진진에게 인사를 할까 말까 쭈뼛대고 있을 때였다. 원래

이름은 진인데, 성격이 급한 엄마가 걸핏하면 진진진진진진
이렇게 불러서 그냥 진진으로 불리는 게 편하다는 말도 덧붙
였다.

착각하지 마. 친구 같은 거 만들 생각 없으니까.

내 소개를 할 틈도 주지 않고 진진이 말을 잘랐다. 그러곤
획 돌아서서 어디론가 사라졌다. 나무는 사랑에 빠졌다.

규율

우리는 모두 하의를 벗고 다닌다. 학교의 규율이다. 토끼 머리는 사회화 연습이라는 명분하에 우리를 반나체로 만들었다. 틈만 나면 생식기와 항문의 청결상태를 검사하는 것이다.

우리는 군소리 없이 규율을 지켰다. 토끼 머리의 명령을 따르지 않으면 학교에 머무를 수 없다는 것을 아니까. 우리는 대부분 재활원에서 죽을 때까지 살고 싶어 하니까.

하의 탈의가 뭐 대수라고. 게다가 우리만 있으면 괜찮다. 모두 다 하의를 벗고 다니니까 우리는 정상으로 보인다. 토끼 머리에게도 연민이 느껴졌다. 본인만 바지를 벗고 다니는 게 수치스러웠나. 그래서 동지들이 필요했나.

규율은 우리를 이상한 사람으로 만들기도 한다. 정부 기관이나 시 자치단체에서 분기별로 실태조사를 하러 오는데, 그들은 하의를 벗고 있는 우릴 보면 혀를 끌끌 찼다.

불쌍한 분들입니다. 이해해주세요.

정장을 차려 입은 토끼 머리가 머리를 조아리며 호소한다. 그럼 조사관들은 토끼 머리를 위로한다.

아닙니다. 저는 이 분들을 도울 수 있어서 기쁘고 보람찹니다.

토끼 머리가 겸양을 떤다.

규율은 우리를 이상하게 만들긴 하지만, 토끼 머리의 평판을 유지하는 데 도움을 주며, 지원금, 기부금, 발전기금 같은 학교 재정 운영에도 기여를 한다. 결과적으로 콩고물이라도 떨어져서 우리 삶을 윤택하게 하는 데 일조한다.

넌 깡충깡충 뛰어다녀. 넌 기어다니는 게 어때? 넌 뒤로 걸어다니고.

토끼 머리는 개별 규율을 지정해주기도 했다. 이건 토끼 머리의 사적인 즐거움을 위해서다.

넌 소 흉내나 제대로 내.

토끼 머리는 고맙게도 내게 특혜를 주었다. 나는 병든 소가 되는 게 좋다. 병든 소가 됐을 때 비로소 세상은 아름답게 보인다. 제때 먹이만 준다면, 푹신한 짚더미만 있다면, 세상만사가 감동이다. 토끼 머리가 가끔 윽박지르고 폭력을 휘두르지만, 약간의 공포는 삶의 원동력이다. 역으로 생각하면 내 확신은 더 명징해진다. 병든 소가 아닐 때 세상은 추해 보인다. 인간은 항상 그렇다. 상상력을 동원해서라도 비관한다.

이쯤 됐으면 친구를 하나 더 소개시켜줄 타이밍이 된 것 같은데. 누가 좋을까. 흠, 판사가 좋겠군. 지하에는 자질구레

한 물품이나 약품 재고를 보관하는 창고가 있는데, 그 창고 입구에 앉아 있는 중년 여성이 바로 판사다. 판사는 서울동부지방법원 예심 판사로 재직하던 중 징계 처분을 받고 퇴직했는데, 지독한 결정장애가 원인이었다. 사실 무수한 선택지에 노출된 채 살아가는 현대인이라면 결정장애는 당연한 증상이다. 특히나 한 사람의 운명을 좌우하는 판사에겐. 무책임한 판사들이나 권력자의 입맛에 맞게 재단한 법을 들먹이며 판결을 남발하지. 철면피를 깔고.

넌 창고에 들어가는 게 정상인지 비정상인지 구분해.

토끼 머리는 판사에게 창고 입구에 앉아 판결을 내리라고 지시했다.

아무도 모를 것이다. 창고 앞에 앉은 판사는 완벽한 판결을 내린다. 그 판결이 한국 사회에 아무런 영향도 못 미치니까.

비정상!

예를 들어, 판사가 이런 판결을 내려도 식자재를 운반하는 아저씨는 비웃으며 창고로 들어간다. 우리는 안다. 판사의 판결은 적확하다. 아저씨는 토끼 머리와 작당해 식자재 대금을 부풀리고 있다.

다른 건 아무래도 좋았다. 판사는 우리에게 호의적이니까. 우리가 가면, 정상! 이라고 외치며 문을 활짝 열어주니까.

해피 고릴라

지금 나한테 텔레파시를 보내고 있는 게 당신인가요? 아니면 병든 소인가요? 그것도 아니면 나무인가요? 목소리만 들어서는 당신이 맞는 것 같은데, 당신이 병든 소, 나무와 공존한다는 이야기를 듣고 나서부터 내가 누구랑 얘기하고 있는지 헷갈려요.

어차피 병든 소나 나무나 당신에게서 나온 존재들이니까 그냥 당신이라고 생각하고 이야기할게요. 오늘도 고맙다는 얘기 먼저 하고 싶어요. 방금 당신이 보낸 돈이 들어왔어요. 당신이 변함없이 내 곁에 있구나. 계좌에 찍히는 당신 이름을 보면 이런 생각이 들어서 울컥해요.

당신은 내게도 특별한 존재가 됐어요. 처음에는 당신의 텔레파시가 들리기만 했는데, 언제부턴가 나도 당신에게 텔레파시를 보낼 수 있게 됐어요. 텔레파시가 끊긴 뒤에도 당신 목소리는 내 마음속에 남아서 물결처럼 파동을 그려요. 모호. 모호. 모호. 모호. 아침에 일어나서도, 커피를 마실 때도, 텔레비전을 볼 때도, 고객들을 응대할 때도, 그리고 꿈속에서도. 환청일 거야. 기분 탓일 거야. 그럼 걷잡을 수 없이 당신의 음성이 듣고 싶어져요. 당신도 그런가요? 당신 말대로 우린 죽어서도 대화할 수 있는 거죠? 그럼 우리는 서로의 기억 속에 영원히 살 수 있는 거죠?

알겠어요. 내 이야기를 시작할게요. 당신이 내 이야기 듣는 걸 좋아해서 다행이네요. 오늘은 지금까지 두 명의 고객을 상대했어요. 첫 고객은 화상 채팅을 원하는 직장인 여성이었습니다. 나이는 30대 중반. 연봉 1억의 펀드매니저. 나는 그녀를 고릴라님이라고 부릅니다. 외모가 고릴라 같다고 폄하하는 건 아닙니다. 고릴라는 고객님이 원한 별명이에요. 고릴라는 화가 나면 호랑이나 사자도 못 말린다면서 고릴라라고 불러달라고 한 거라고요. 고릴라님, 안녕하세요. 내가 인사를 하면, 고릴라는 고릴라 가면을 쓴 채 불같이 화를 냅니다. 화의 대상은 직장상사와 바이어들이죠. 그 남자들이 미치도록 싫지만, 직장에서 살아남기 위해서는 티를 내면 안 된다고 합니다. 스트레스를 풀기 위해 나를 찾은 거죠. 초식 동물 주제에 맹수처럼 구는 남자들을 다 죽여버리겠다고 선언했던 게 기억나요. 분노와 살의가 느껴졌습니다. 그때만 떠올리면 아직도 소름이 돋습니다. 아, 그리고 고릴라님은 변장을 요구하지 않았습니다. 대신 실오라기 하나 걸치지 않고 홀딱 벗으라고 했지요. 벗는 것 정도야 뭐. 내 몸을 훑어보는 고릴라님의 경멸 어린 눈길도 견딜 만했어요. 무릎 꿇고 빌어! 처음에는 이게 유일한 요구였습니다. 그분들을 대신해서 사과드립니다. 화 푸세요, 고릴라님. 한 시간 내내 빌고 또 빌었죠. 요구는 날이 갈수록 심해졌어요. 그다음에는 채찍으로 자해를 하라고 주문하지 뭐예요. 예상보다 자해는 고됐어요. 온몸이 피투성이가 됐죠. 고릴라님, 이건 정말이지 너무 고통스럽습니다. 이렇게까지 하시면 돈을 더 지불하셔야 해요. 그날 나는 팁으로 백만 원을 받았어요. 어느 날은 송곳으로 내 몸을 찔러달라고 했어요. 그날은 이백만 원을 받았습니다. 서비스로 칼로 가슴팍을 긋기까지 했죠. 상처가 깊어서 아직까지 아물질 않고 있습니다. 아, 오늘은 신체를 절단해달라고 하더라고요. 특히 자지가 값이 나갔죠. 무려 천만 원. 나는 생각해본다고 했어요. 이 쓸데없는 걸 자르면 세 달치 이자가 한꺼번에 해결되는데. 나는 곰곰이 따져봤어요. 새롭게 창업을 준비할 수 있겠다는 희망도 싹텄죠. 고릴라는 생각해보는 김에 자신이 보는 데서 자살하는 것도 고민해보라고 했어요. 농담하지 마세요. 내가 받아쳤더니 고릴라는 얼마면 되겠느냐고 했어요. 오억. 오억이면 죽겠습니다. 나는 호기롭게 빚과 맞먹는 금액을 불렀죠. 설마 하는 마음으로요. 예상과 달리 고릴라는 고개를 끄덕였습니다. 죽어주면 그 자리에서 오억을 입금해준다고 했어요. 죽을 용기가 없으니 대신 죽어달라고. 고릴라 분장을 하고 죽어달라고. 그렇게 하면 살아갈 동력을 얻게 될 거라고. 상징적으로 죽었으므로 이 세상에 없는 거나 마찬가지라나. 좀비처럼 사무실을 떠돌며 모든 걸 참고 견딜 수 있을 것 같다나. 나는 뭐에 홀린 듯 긍정적으로 검토해본다고 했어요. 이렇게 사느니 차라리 죽는 게 어떨까. 문득 이런 생각이 들었거든요. 나를 부정하며 사는 게 비참하던 참이었거든요. 얼마 전에는 엄마 칠순이었어요. 그날 나는 분장 지우는 것도 잊어버리고 조커 분장을 한 채 엄마에게 갔어요. 어쩐지 가는 동안 사람들이 흘긋거린다 했죠. 엄마는 나를 보곤 내 아들이 대체 어디 갔느냐고 울었어요. 나는 어디 있을까요? 당신은 내가 그 어떤 모습이라도 나를 알아봐줄 거죠?

다음 상대는 폰섹스를 요청한 학생이에요. 중학교 1학년 남자. 닉네임은 해피. 해피는 학생이 키우던 몰티즈라고 해요. 강아지 해피는 어느 날 집을 나가 사라졌지요. 저런, 저런. 안 됐구나. 내가 위로하니까 해피가 말했어요. 해피는 사라진 게 아니라 제 영혼으로 들어온 거예요. 그때부터 해피는 본인을 해피라고 여긴다고 해요. 인터넷에서 우연히 내 메일 주소를 보고 호기심에 연락해 온 모양이에요. 오해하지 마세요. 미성년자를 상대로 막 나가진 않아요. 적정선을 지키죠. 인간으로서 최소한의 윤리는 갖고 있다고요. 그런데 해피는 다른 학생과 달랐어요. 섹슈얼한 행위를 요구하지 않았어요. 대신 엄마라고 부르게 해달라고 했어요. 엄마라고 부르면 우리 아들 사랑해, 라고 대답해달라고 했어요. 나는 당황해서 말을 잇지 못했어요. 처음 듣는 비정상적인 요구였어요. 변태들의 갖가지 요구들보다도요. 왜요, 돈만 주면 다 해준다면서요? 이미 입금 했잖아요. 부족해요? 더 줄까요? 제가 주저하자 해피가 따져 물었어요. 고아니? 제가 물었어요. 아니에요. 아빠는 개새끼고 제겐 엄마뿐인데, 엄마는 회사에 가서 들어오지 않아요. 엄마는 대기업 임원이에요. 집에 와도 저한테 임원처럼 굴죠. 이래라저래라 지시만 하고 성과를 달성하지 못하면 들볶거든요. 말을 듣고 보니 그 정도는 어렵지 않은 것 같았어요. 해피가 가엾기도 했고요. 해피는 엄마의 음성파일과 사진을 메일로 보내주며 참고해달라고 했어요. 숏컷. 슬픈 눈매. 고집스런 입술. 정장 차림. 40대 여성. 차분한 저음. 엄마, 엄마. 안아주세요. 전화기 너머로 해피가 말했어요. 우리 애기, 엄마는 너를 사랑한단다. 제가 말했어요. 여기에서 멈췄으면 나는 해피와 계약한 기간 동안 역할극을 해줬을 겁니다. 그런데 어쩌죠? 해피에게서 자꾸 개인적으로 연락이 옵니다. 어떻게 번호를 알았는지 문자메시지도 온다고요. 음성

메시지도 남깁니다. 내가 피하니까 한술 더 떠 직접 만나자고 합니다. 착각하지 마. 연기하는 거지 나는 네 엄마가 아니야. 알잖아? 그럴 나이는 지났잖아? 그러니까 그만 좀 괴롭혀. 제발, 돈은 다 돌려줄게. 이렇게까지 말했지만 해피는 저돌적이었어요. 해피는 탕수육을 같이 먹자고 합니다. 나란히 앉아 영화를 보자고 합니다. 안아달라고 합니다. 오늘은 어떻게 알았는지 집 근처에 와 있다고 연락이 왔습니다. 문자를 씹으니까 잠시 후 누군가 문을 두드립니다. 현관문 렌즈로 내다봤더니, 해피, 그 아이였어요. 한눈에 알아볼 수 있었죠. 엄마를 닮아 슬픈 눈매, 고집스러운 입술을 지닌 해피. 엄마. 엄마. 해피가 중얼거렸죠. 나는 현관문에 등을 대고 주저앉아 기다렸어요. 해피가 발걸음을 돌릴 때까지.

오늘은 여기까지 할게요. 세 번째 고객 예약시간이 됐네요. 끊임없이 욕을 해달라고 주문하는 마조히스트인데, 이 업계에선 그나마 편한 상대죠. 이야기 들어줘서 고마워요. 해피가 떠난 뒤 그 축 처진 뒷모습이 상상돼 허무하고 우울했는데, 당신과 대화를 나누니 기분이 한결 나아졌어요.

당신과 소통하면 마음이 편안해져요. 그냥 내 이야기를 하면 되니까요. 당신은 그저 묵묵히 들어주죠. 나는 직감적으로 알아요. 당신이 나를 위로해주고 있다는 걸요. 내 이야기를 다 듣고 난 뒤 당신은 다정한 목소리로 내 이름을 불러줍니다. 전과 다름없는 목소리로. 내가 아무리 우는소리를 해도 실망하거나 짜증내지 않고. 모호. 모호. 모호. 모호. 괜찮아. 다음엔 더 괜찮아질 거야. 모호. 모호. 나의 모호.

우주선

　더 늦기 전에 마을 소개부터 해야겠다. 마을은 광주, 이천, 여주를 지나 경기도와 충청북도의 경계에 위치해 있다. 무화과 축제가 열려서 철마다 수많은 관광객이 찾아온다. 전통 시장도 활성화돼 있고 소머리국밥이나 메밀국수 식당도 많다. 장사를 하지 않는 사람들은 과수원에서 일하거나 감자나 배추 농사를 지어 생계를 유지한다. 현대자동차 부품 하청 공장도 있어서 젊은층도 많은 편이다. 신혼부부도 늘어나는 추세다. 초등학교, 중학교, 상업고등학교도 있고, 버스를 타고 20분 정도 남쪽으로 내려가면 물리치료 전공으로 유명한 전문대학도 있다.

　마을 소식은 병든 소가 전해준다. 병든 소는 교장에게 속박돼 있는 나보다, 후줄근한 옷차림에 뻬쩍 말라서 가출한 불량 청소년처럼 보이는 나무보다 자유롭다. 으슥한 산길을 타고 눈에 띄지 않게 마을을 떠돈다. 덕분에 병든 소는 마을에 대해 속속들이 안다. 목욕탕 옥상에서 보면 노을이 유달리 아름답다는 것도 안다. 화장터가 들어서려다가 극심한 반대로 인해 폐허가 된 곳도 안다. 공짜로 주차하기 좋은 곳도, 어린 연인들이 남몰래 키스하기 좋은 곳도, 반짝반짝 빛나는 돌들이 있는 곳도 안다. 시체들이 버려지는 곳도, 배가 고파서 그 시체를 먹는 동물들도 안다. 밤마다 굴다리로 아이들을 데리고 와서 괴롭히는 못생긴 할아버지도 아는데, 병든 소가 겁을 줘서 쫓아버린 뒤로 자취를 감췄다.

원래 나는 병든 소가 뭐라고 하든 이 마을에 별 관심이 없었다. 내가 학교에 정착하기 전부터 시내 중심가에 지어지고 있던 건축물도 마찬가지로 신경 쓰지 않았다. 그런데 시간이 흘러서 건물의 윤곽과 구조가 잡히고 병든 소에게 건물이 영등포 타임스퀘어나 여의도 IFC처럼 거대한 쇼핑몰이 될 거라는 이야기를 듣고 나서부터 흥미가 생겼다. 무엇보다 외양이 독특했다. 나무는 쇼핑몰이 우주선 같다고 생각했다. 나무 생각이 일리가 있는 게, 동네 곳곳에 설치된 설계도를 보면 쇼핑몰은 우주선과 흡사했다. 조개껍데기처럼 생긴 외형. 천장에 달린 수천 개의 창문. 알록달록한 색채. 독특한 빛깔의 조명. 랜드마크 건설에 목을 맨 시의회의 주도로 미국의 유명 건축가를 거액에 섭외했고, 쇼핑몰은 완공 전부터 올해의 건축물 상 후보에 오르내리고 있었다.

쇼핑몰은 머지않아 완공될 예정이다. 전국 각지의 맛집과 스포츠센터, 명품관과 이케아, 멀티플렉스까지 들어온다고 한다. 토박이들은 동네 분위기 망친다고 투덜거리면서도 내심 쇼핑몰로 인해 땅값이 올라 돈방석에 앉을지도 모른다고 들떠 있었다. 과대망상증.

나무는 우주선이 완성되면 외계인이 출현할지도 모른다고 걱정했다. 철없는 놈. 나무, 어른이 되려면 외계인을 무서워할 게 아니라 외계인을 이용해서 돈 벌 궁리를 해야 되는 거야. 큰소리치긴 했지만 어떻게 보면 나무 말도 맞았다. 외계인이 둔갑한 듯한 낯선 외지인들이 공인중개사를 앞세우고 학교에 들락거리기 시작한 것이었다. 외지인들은 풍수지리가 좋다고 소문이 난 학교 부지에 관심이 많았다. 땅값이 오를 기미가 보이자 토끼 머리는 별장을 지으려는 계획을 매매로 선회했다. 우리는 학교를 곧 빼앗길 것 같다고 걱정하며 쇼핑몰을 원망했다.

그럼 우린 어디로 가야 하지?

좀처럼 속내를 드러내지 않는 진진까지도 불안에 떨었다.

비정상!

판사는 쇼핑몰 이야기만 꺼내면 신경질적으로 반응했다.

언젠가 공인중개사를 창고로 끌고 가서 더 이상 외지인들을 데리고 오지 말라고 협박한 적도 있었다. 공인중개사는 반나체인 우리들을 보고 겁에 질렸다. 토끼 머리에게 조금 혼났지, 뭐.

친구들이 싫어할까봐 말은 안 했지만, 나는 솔직히 쇼핑몰이 좋다. 학교를 빼앗길까봐 불안하긴 하지만, 마음이 가는데 어쩌란 말인가. 가령 물품의 대가로 정당한 돈을 지불하는 게 마음에 든다. 고객들의 손에 들린 쇼핑백 안에 뭐가 있는지 맞추는 것도 재미있다. 각각 감추고 있는 병명을 맞추는 것도 흥미롭다. 저 사람은 피해망상증. 저 사람은 리플리증후군. 저 사람은 파라노이아. 무엇보다 쇼핑몰은 활력이 넘친다! 소비 욕구로 충만해진 활력!

문득 기억이 난다. 한때 신촌 현대백화점 5층 남자 화장실 양변기인 적이 있었다. 미화원들이 하루에도 몇 번씩 닦아줄 만큼 소중한 존재였고, 고객들도 나를 보면 깨끗해! 향기로워! 하면서 감탄했다. 간혹 어루만지거나 혀로 핥는 변태들도 있었다. 하루 평균 342명이 나를 깔고 앉았다. 10시부터 7시까지 342명. 540분에 342명. 1분 30초에 한 명 꼴이라니! 당시엔 진종일 소란스럽고 쉴 틈이 없어서 투덜댔는데 지나고 보니까 그때만큼 스릴 넘쳤던 시절도 없었던 것 같다.

나는 쇼핑몰이다.

나는 쇼핑몰을 볼 때마다 중얼거린다. 기회가 주어지면 쇼핑몰 자체가 돼보고 싶다. 숨어 사느라 잃어버렸던 활력을 되찾을 수 있을지도 모르니까.

수영장

학교 서편 외곽에는 테니스 코트가 있었다. 예전에는 토끼머리가 지인들과 함께 테니스를 치곤했다는데, 지금은 무슨 영문인지 발길이 끊겼고 관리도 되지 않아서 수풀만 무성했다. 테니스 코트에서 수풀을 헤치고 후문 쪽으로 10분 정도 들어가면 수영장이 보였다. 병든 소가 백 마리쯤 들어가서 헤엄쳐도 충분할 만큼 넉넉한 크기의 수영장. 수영장은 물이 빠진 채로 텅 비어 있었다. 물때가 잔뜩 끼어 있었고 쓰레기도 나뒹굴었다. 나무는 수영장에 물이 차 있는 걸 단 한 번도 보지 못했다. 나무는 생각했다. 수영장이 아니라 다른 용도 아닐까. 거대한 접시? 그럼 무얼 담으려고 하는 거지? 감자 스프? 눈물? 토사물? 혹시 땅에 구멍을 뚫고 싶은데 명분이 필요했던 걸까?

나무는 수영장을 좋아한다. 수영장에 걸터앉아 있으면 시내에서 지어지고 있는 쇼핑몰이 한눈에 들어오기 때문이다. 나무도 나처럼 쇼핑몰을 기다린다. 나무는 쇼핑몰에서 일하고 싶어 한다. 돈을 벌어서 진진과 함께 이곳을 떠나고 싶어 한다. 진진은 나무의 계획을 꿈에도 모른다.

나무가 수영장을 좋아하는 이유가 하나 더 있다. 수영장이 진진의 은신처이기 때문이다. 진진은 점심을 먹은 뒤 수영장에 와서 시간을 보내곤 한다. 진진이 수영장을 좋아하는 이유는 수영장에 아무도 오지 않기 때문이고, 내심 자신을 새끼 오리처럼 따라다니는 나무가 귀엽기 때문이다.

지금도 진진과 나무는 수영장에 나란히 걸터앉아 있다. 진진은 하얀 사과를 닮았다. 나무는 생각한다. 하얀 사과는 지구 상에 존재하지 않지만 그래서 하얀 사과가 더 특별하게 느껴진다. 이게 진진이 하얀 사과를 닮았다는 근거다. 곰팡이가 핀 사과도 하얗잖아. 병든 소가 딴지를 건다. 허튼소리, 그건 또 그것대로 특별하잖아! 나무가 도끼눈을 뜨고 병든 소를 노려본다.

수영장이 왜 여기 있는지 알아?

나무가 묻는다. 진진도 모른다는 걸 빤히 알면서. 나무는 진진에게 괜히 말을 걸고 싶었다. 예상대로 진진은 대답이 없었지만.

수영장이 왜 여기 있는지 아냐니까?

나무가 또 묻는다. 진진은 나무를 힐끗 보곤 쇼핑몰을 향해 시선을 돌리며 딴전을 부린다. 진진은 항상 나무를 무시한다. 사실 진진은 나무 말고도 모든 사람을 무시한다. 모든 사람 안에는 진진 자신도 포함된다.

하얀 사과를 닮았어.

나무가 무언가에 홀린 듯 중얼거린다.

뭐라고? 뜬금없이 무슨 소리야?

진진이 반응을 보인다.

네가 하얀 사과를 닮았다고. 하얀 사과.

나무가 또박또박 말한다.

하얀 사과?

진진이 고개를 갸웃한다.

응. 하얀 사과.

이 세상에 하얀 사과 같은 건 없어. 그래서 나는 하얀 사과가 아니야, 멍청아.

진진이 반박한다.

맞아. 하얀 사과는 이 세상 어디에도 없어. 그래서 하얀 사과는 진진 너야.

나무가 주장한다.

하얀 사과라니, 뜬금없이 웬 뚱딴지같은 말이야.

진진이 어깨를 으쓱한다. 나무는 침울해진 채 자리에서 일어난다. 진진은 못 본 척한다. 나무는 발길을 돌린다. 아무래도 진진은 혼자 있고 싶은 모양이다. 그때 진진이 나무의 손을 잡는다.

잠깐, 관심이 생겼어. 네 말도 일리가 있는 거 같아. 하얀 사과는 왠지 특별해 보여. 단 하나밖에 없는 진귀한 보석처럼.

진진이 속삭인다. 나무는 진진을 바라본다.

나는 내가 싫어. 그런데 하얀 사과가 되면 내가 좋아질 수도 있을 것 같아. 어쩌면 다른 사람도 날 좋아해주지 않을까? 단 하루라도 그 순간뿐이라도 한 사람에게 만이라도 특별해지고 싶어.

진진이 기어들어가는 목소리로 말한다.

내가 너를 하얀 사과로 만들어줄까?

나무의 음성이 떨린다. 진진이 나무를 바라본다. 눈빛을 보니 무언가 고민하고 있는 것 같다. 나무는 눈을 감고 귀를 기울인다. 진진의 속마음이 들리지 않는다.

병든 소, 넌 들려? 진진의 속마음이 뭐야? 날 믿지 못하겠대?

나무가 속으로 병든 소에게 묻는다.

어떻게 하얀 사과로 만들어줄 거냐고 묻는데? 도무지 믿기지 않는대. 병신새끼. 병신, 머저리, 시발새끼!

병든 소가 진진의 마음을 읽는다.

진진을 사랑하는가? 나무는 자문한다. 사랑이란 무엇인가. 마음이 오고 가는 것. 마음이 뒤바뀌는 것. 마음이 파괴

되는 것.

나를 사랑하지 않지? 그래서 날 못 믿는 거지?

나무가 묻는다. 진진은 대답 없이 수영장으로 눈길을 옮긴다. 수영장에는 병든 소와 그 위에 올라탄 내가 있다. 우리는 수영장을 맴돈다. 진진에게도 보일까. 우리가? 나무의 상상이?

맞지? 나를 사랑하지 않지?

나무가 또 묻는다. 진진이 하늘을 올려다본다. 구름이 몰려든다. 해가 사라진다. 그늘이 나무와 진진에게 드리운다. 수영장 바닥에도.

나는 너를 사랑해.

나무가 진진에게 고백한다.

왜 네 마음대로 나를 사랑하는 건데? 기분 나쁘게.

내 마음대로 사랑하지도 못해?

당연하지.

그런 건가.

응.

내가 주제넘은 건가?

응.

미안하다.

나를 사랑하고 싶어?

그래.

조건이 있어.

뭔데?

교장을 죽여주면 사랑하게 해줄게.

진진이 말한다. 생각지도 못한 조건이라 나무는 의아하다.

왜?

이 지옥을 만들었으니까.

진진이 대답한다.

여기가 지옥이라고? 대체 왜? 진진, 지옥을 경험해보지 못한 거야? 지옥은 바로 학교 밖이야. 죄다 개또라이 인간말종들뿐이라고. 여기가 지옥이 아니라는 증거도 있어. 네 멋대로나갈 수 있잖아. 누가 막아? 왜 나갔다가 되돌아오는데? 솔직히 이 학교만큼 너를 반기는 데도 없다는 거 너도 잘 알잖아. 혹시 항문 청소에 질린 거야? 손에 똥 좀 묻히는 게 어때서? 자존심 상해? 잘 견디길래 괜찮은 줄 알았는데. 충고 하나 해줄까? 사고방식을 전환해봐. 그 정도는 할 수 있잖아? 이렇게 편하게 사는 대가로. 학교 밖에선 항문 청소보다 더 비위 상하는 걸 요구한다고.

나무는 하고 싶은 말이 많은데 진진을 거슬리게 할까봐 꾹 참는다.

왜? 항문 청소가 지겨워졌어?

대신 짧게 묻는다.

아니, 항문 청소 자체는 아무렇지도 않아. 똥을 뒤집어쓰는 것도 버틸 만해. 그런데 이 개새끼가 똥을 싸고 막 웃잖아. 지 똥을 뒤집어썼는데, 더럽다고 불결하다며 막 웃잖아.

진진이 울먹인다. 나무는 진진의 눈물이 수영장에 차오르는 걸 상상한다.

낙원

걱정 마, 모호. 나는 익사하지 않았어. 멀쩡하게 살아 있다고. 이건 죽어서 보내는 텔레파시가 아니야. 하긴, 지금이야 대수롭지 않게 말하지만 당시엔 심각했어. 나무, 그 배은망덕한 꼬맹이가 수영장에 진진의 눈물이 범람하는 걸 상상하는 동시에 물이 머리 위로 차올랐거든. 우리는 죽은 거나 다름없었어. 병든 소나 나나 수영에는 젬병이었거든. 우린 허우적대며 살려달라고 부르짖었어. 나무와 진진이 우리를 물끄러미 내려다봤지. 얄미운 놈들. 왜 구해주질 않는 거야. 너네도 우리가 죽길 바라는구나. 바이바이. 나무와 진진을 원망하다가 곧 죽을 텐데 원망해서 뭐해 드디어 죽는구나 하며 삶을 돌이켜보고 있었는데, 수영장 구석에 작은 문이 보이지 뭐야. 마치 심해에 뚫린 구멍 같았지. 전에도 말했지? 내가 블루홀이었다는 거?

우리는 문을 열고 안으로 들어갔어. 이끼가 잔뜩 낀 콘크리트 통로가 나왔지. 병든 소와 나는 문을 닫은 뒤 숨을 몰아쉬면서 서로를 바라봤고, 그제서야 우리가 살아 있다는 걸 실감하곤 주위를 둘러볼 여유가 생겼어. 통로는 하수구와 연결돼 있는 것 같았어. 물 흐르는 소리와 음식물 썩는 냄새가 풍겼거든. 통로를 따라가다 보니 여기저기 얽혀 있는 배관이 보였고, 기괴한 소리가 울려 퍼졌어. 정체를 알 수 없는 생물들이 우짖는 소리도 들렸지. 나무 이 괘씸한 자식은 진진한테 정신이 팔려서 우리가 걱정되지도 않았나봐. 뒤따라오지도 않았어. 나무, 정신 차려. 진진은 너한테 관심 없어. 진진은 네가 진진을 미워할수록 너를 좋아할 거야. 당장 진진에게 말해. 진진, 나는 너를 증오해. 모호, 혹시 나무를 만날 일이 생기거든 이 말을 꼭 전해줘. 내 말은 잔소리로 듣고 청개구리처럼 반발한단 말이야.

나무 험담해서 뭐해. 그야말로 내 얼굴에 침 뱉기지. 그만할게. 지금부터가 중요해. 잘 들어봐. 모호, 너도 깜짝 놀랄걸. 그 녀석이 나타났지 뭐야. 누구긴. 잭 말이야, 잭. 통로를 반쯤 따라 들어갔을 때였어. 무언가 우리 앞으로 후다닥 지나갔어. 그 무언가는 우리에게 잡히지 않으려고 줄행랑을 쳤지. 솔직히 그게 뭔지 제대로 보지도 못했어. 그런데 어느 순간 그게 잭이라는 걸 직감할 수 있었지. 나를 보고 달아나는 건 나를 두려워한다는 뜻이고, 나를 두려워하는 건 지구상에 오직 잭뿐이거든.

잭!

내가 불렀어. 대답은 당연히 없었지.

잭! 여긴 어떻게 왔어?

내가 또 입을 열 때까지 정적이 계속 됐어.

잭! 넌 죽었잖아. 내가 기숙사 뒤편 공동묘지에 묻어버렸잖아.

내가 소리쳤어. 잭은 여전히 숨을 죽이고 있었지.

얼간이 잭!

내가 또 소리 질렀어. 내 목소리가 지하 통로에 쩌렁쩌렁 울렸지. 그때 어디선가 부스럭거리는 소리가 들렸어. 병든 소, 저기 우회 통로 뒤편에 몸을 숨긴 쥐새끼 보이지? 저게 바로 잭이야. 우리는 작당 모의하는 은행 강도처럼 눈짓을 주고받았지.

잭, 거기 있는 거 다 알아. 잭!

나는 손을 머리 위로 뻗고 발을 구르고 머리를 흔들었어. 일부러 과장되게 행동을 해서 겁을 주는 거야. 그럼 잭은 기가 죽거든. 아니나 다를까, 잭이 고개를 푹 숙인 채 기어나오지 뭐야.

내가 보여? 아직도 잭으로 보여?

잭이 벌벌 떨며 물었어.

당연하지. 넌 잭이야. 내 노예 잭.

도로 쥐가 됐는데, 왜 아직도 내가 잭으로 보이지?

잭, 헛소리하지 마. 네가 쥐건 난쟁이건, 너는 잭이야. 영원히.

큰소리쳤지만, 사위가 어두웠고, 잭은 작고 새까매서 눈을 부릅떠도 보이지 않았어. 잡으려면 회유해야만 했지.

잭, 나는 변했어. 걸핏하면 너를 구박했던 예전의 내가 아니라고! 기회를 한 번 더 주면 상냥한 친구처럼 대해줄게.

그런데 너는 왜 네 발로 걷고 있지?

잭이 물었어. 킬킬거리면서. 병든 소를 비웃는 게 분명했어. 시건방진 놈. 하여간 매를 번다니까. 내가 욕설을 중얼거리자 병든 소는 가만히 고개를 젓고 잭의 뒤편을 고갯짓했어.

왜 꼬리가 있는 것처럼 엉덩이를 우스꽝스럽게 실룩거리면서 걷는 거지? 너 제정신이야?

잭이 병든 소를 조롱하는 동안 나는 뒤로 돌아가서 잭을 잡았어. 잭의 목을 움켜잡은 채 들어올렸지. 잭이 발버둥치며 컥컥거렸어.

삼키지만 말아줘.

잭이 애원했어.

이제야 마음이 놓이네. 널 깔아뭉개니까.

나는 잭의 목을 조른 손에 힘을 줬어.

이 통로를 따라가다 보면 낙원이 있어. 내가 가는 길을 알아. 목숨만 살려주면 안내해줄게. 너도 마음에 들어할걸?

잭이 다급하게 제안했어. 병든 소가 내게 고개를 끄덕였고,

나는 손에 힘을 뺐지.

잭은 다시 노예로 전락했어. 잭, 그래도 마음은 한결 편하지 않아? 잡힐까봐 조마조마할 필요가 없으니. 잭은 토라졌는지 대답 없이 앞장섰어. 우리는 잭을 따라 통로 깊숙이 들어갔어. 30분, 내 감각으로는 그 정도 시간쯤 들어갔을 때 통로가 끝나고 평평한 초원이 모습을 드러냈어. 부드러운 잔디, 맑은 옹달샘, 희귀한 꽃과 진귀한 수목이 차례로 보였어. 공기도 맑았어. 피톤치드로 가득한 자작나무 숲 같은 데 들어선 느낌이었지. 평화로웠어. 참치 샌드위치와 커피를 먹고 슈베르트를 들으며 낮잠을 한숨 자고 싶은 공간이었지. 오래지 않아 생각이 바뀌었어. 시간이 흐르니까 마냥 좋지만은 않거든. 무언가 꺼림칙한 분위기를 풍겼다니까. 뭐랄까 잠든 괴물의 내장 속이랄까 긴장되고도 숨 막히는 느낌이었지. 낙원은 무슨 낙원. 병든 소가 혼잣말을 했어. 게다가 저 멀리는 깜깜했는데 뭐가 있는지 짐작조차 안 됐어. 돌아가고 싶다고 병든 소가 우는소리를 했어. 아니야, 긍정적으로 생각해야 돼. 우리는 여태 부정적인 태도로 살아왔고, 그게 우리의 문제일지도 몰라. 봐, 그래도 비전이 있잖아. 암흑 너머 무언가가 존재할 비전. 생각이 여기까지 이르자 신이 났어. 병든 소도 내 생각을 이해하곤 기분이 풀렸지. 병든 소, 우리 용기를 갖고 탐험해보는 거야. 영토를 개척하는 거야. 공화국을 세우는 거야. 토끼 머리가 개입하지 않는 우리만의 영역. 나는 흥분해서 떠들었어. 맞아, 여긴 낙원이야! 그 뒤 누가 먼저랄 것도 없이 나와 병든 소는 동시에 외쳤어. 그런데 나무는 우리를 따라올까? 우리가 사라졌는데 걱정은 하나?

나도 끼워줘!

우리가 나무 이야기를 하고 있을 때 나무가 달려오는 게 보였어. 양반은 못 될 거야, 나무 자식.

그 뒤 우리 셋은 이 공간을 어떻게 꾸밀까 구상하기 시작했어. 진진도 데려오자. 커다란 침대랑 푹신푹신한 거위털 이불도 마련해야겠어. 진진은 불면증을 앓고 있거든. 나무가 난생처음 방이 생긴 것처럼 설레어했던 게 눈에 선하네. 병든 소는 그저 신나서 폴짝폴짝 뛰고 있었지. 맛있는 커피와 크레페를 만드는 카페, 그 앞에는 공중전화 박스가 있었으면 좋겠어. 이건 내 의견이야. 모호, 순전히 너를 위해서야. 카페에서 글을 쓰다가 지겨워지면, 공중전화 박스에 들어가서 아무 방해도 받지 않고 네게 텔레파시를 보내고 싶거든.

낙원은 내가 발견했어. 내 거야!

그때 잭이 끼어들었어. 잭, 닥치지 못해? 잭은 내가 때리는 시늉을 하니까 몸을 웅크렸어. 착한 나무는 잭을 동정하며 나를 말렸지. 나무, 막 대해도 괜찮아. 잭은 노예라서 이런 대접이 익숙하니까. 나무를 타이르고 있을 때였어. 잭은 내 눈치를 보더니 달아나기 시작했지. 쥐새끼가 내빼봤자지. 나는 단숨에 잭을 움켜잡았어. 잭, 쥐새끼에겐 낙원 따윈 없다고. 나는 잭을 집어삼켰지. 내일 똥더미에서 봐, 잭.

우리는 틈만 나면 토끼 머리의 눈을 피해 낙원으로 향했어. 부지런히 어둠을 밝히면서 영토를 넓혀갔지. 잭도 군소리 없이 앞장섰어. 내 내장을 통과하는 경험을 되풀이하지 않기 위해 갖은 노력을 하고 있었어. 한심한 노예근성 같으니라고.

괴물이나 귀신 같은 건 없었어. 낙원의 연장이었지. 미지의 세계에 대한 공포는 어느새 씻은 듯이 사라졌어. 봐, 이게 긍정의 결과라고.

모호. 이 공간에서는 우리 의지대로 살면 돼. 사람 취급을 받기 위해 눈치를 보지 않아도 돼. 병든 소 대접을 받기 위해 토끼 머리를 닦지 않아도 돼. 바지를 벗어서 빌어먹을 정신병자 비위를 맞추지 않아도 된다고. 이를테면, 여기는 텅 빈 도화지야. 뭐든지 우리가 만들면 돼. 우리 뜻이 법이고, 우리 말이 종교며, 우리 똥이 진리야. 그렇다고 우리끼리 살 수는 없었어. 친구들이 필요했지. 이 공간을 메워줄 친구들이. 함께 축제를 즐겨줄 친구들이.

사랑

우리 관계를 뭐라고 표현할 수 있을까. 누군가 한 사람의 치부를 정성스럽게 닦아준다면, 그게 사랑 아닐까. 어느 날 토끼 머리를 닦다 보니 이런 생각이 들었다.

나는 교장님을 사랑하는 걸까요?

내가 토끼 머리에게 물었다.

뭔 개소리야?

토끼 머리가 되물었다. 나는 호리병에 물을 받아 토끼 머리를 향해 흘려보냈다.

깨끗해. 깨끗해. 깨끗해진다고.

토끼 머리는 눈을 감고 정체 모를 노래를 흥얼거렸다.

나는 사랑을 포기했다.

한 가지 의문. 누군가 진진과 토끼 머리 중 누굴 사랑 하느냐고 묻는다면, 나는 누구를 사랑한다고 대답해야 하는가.

누구를 사랑해야 하는가.

누구를…….

대체 누구를 사랑해야 하죠?

방금 전 교장실 문을 열었을 때, 진진은 토끼 머리와 나란히 서 있었다.

삶이란 말이야. 인간의 삶이란…….

토끼 머리가 진진에게 무슨 말을 하고 있었다. 나는 엉거
주춤 다가갔다.

나가서 대기해!

토끼 머리는 진진과 둘만 있고 싶다는 듯 나가라고 손짓했
다. 나는 쫓기듯 밖으로 나왔다. 둘은 무슨 이야기를 하고 있
었을까.

삶이란?

인간의 삶이란?

나는 정처 없이 복도를 걷는다. 오늘따라 복도가 길게 느
껴진다. 하얀 외벽. 오래된 친구들과 새로 들어온 친구들. 시
끄럽고 소란스러운 인간 구덩이. 상당히 시끄럽군.

병든 소! 네 차례야!

그때 토끼 머리의 목소리가 들린다.

럭키

고백하자면 나는 돈을 잘 번다. 각종 진통제와 안정제. 외래진료에서 처방받은 뒤 복용하지 않고 모아둔 약들. 국가 예산으로 어쩔 수 없이 구입한 약들. 약들은 창고에 가득하다. 나는 이 약들을 빼돌려서 판다. 돈을 모아 학교를 아예 사버릴 작정이다. 모호에게 줄 돈도 필요하고.

우리는 나름 합리적인 분업 체계를 갖추고 있다. 병든 소가 인근 제약회사 물류창고에서 약 캡슐을 훔쳐오면, 나무는 약 가루를 캡슐 안에 쑤셔넣는다. 캡슐은 하나같이 노란색이다. 별 의미 없다. 은행잎 색을 좋아하는 나무가 노란색 캡슐만 골라 작업한 것일 뿐.

병든 소와 나무는 판매 담당이기도 하다. 병든 소는 외판원처럼 발품을 팔고, 나무는 인터넷을 활용한다. 나무는 외주업체를 통해 홈페이지와 SNS까지 만들었다. 지금은 병든 소가 실적이 좋지만, 추세를 보면 나무가 곧 따라잡을 것 같다.

나무는 약 이름을 럭키라고 지었다. 럭키! 럭키 사세요. 행운을 드립니다. 몸속에 행운을 넣으세요. 행운을 내 피에! 옐로 포춘! 궁금하다면, 포털 사이트에 럭키라고 입력하면 된다. 행운을 복용해보세요!

아, 효능을 빼놓고 말했네. 럭키는 자기암시 기폭제다. 누구나 어느 정도 확신을 갖고 훈련에 매진한다면 자기암시를 통해 희망 대상으로 변할 수 있는데, 진진처럼 본인을 믿지 못하는 사람에게는 럭키가 필요하다. 일종의 플라세보 효과랄까.

우리는 지금 창고에 모여 작업을 하는 중이다. 작업을 하는 내내 나무는 나와 병든 소 눈치를 보며 주머니에 럭키를 쑤셔넣는다. 작업이 끝나기가 무섭게 나무는 수영장으로 달려간다. 수영장에는 진진이 기다리고 있다. 나무는 주머니에서 럭키를 꺼내 진진에게 건넨다. 나무, 알면서도 모르는 척하는 거 알지? 나도 진진을 예뻐하니까 눈감아주는 거란다.

럭키가 하얀 사과가 되는 걸 도울 거야.

나무가 진진의 손에 럭키를 쥐어준다. 진진이 의심 섞인 눈길로 나무와 럭키를 번갈아가며 본다.

나만 믿어.

나무가 고개를 끄덕인다. 진진은 못 미더운 표정으로 고개를 끄덕인다.

삼켜봐.

나무가 물병을 건넨다. 진진은 약을 먹고 물을 들이킨다.

그리고 이렇게 말해봐. 나는 하얀 사과다.

나무가 말한다. 진진이 나무를 바라본다. 믿어야 할지 말아야 할지 갈피를 잡지 못하는 듯하다. 나무, 다 넘어왔어!
조금만 더!

팬찮아, 따라해봐. 나는 하얀 사과다. 그럼 너는 하얀 사과
가 될 거야.

나는 하얀 사과다.

진진이 중얼거린다. 나무의 눈에는 진진이 이미 하얀 사과
같다. 그러나 나무의 생각과는 달리 진진은 고개를 갸우뚱거
린다.

뭐야, 난 아직 사람이잖아.

진진이 투덜거린다. 진진의 이목구비에 실망의 기색이 묻
어난다.

섣불리 판단하지 마.

이제 어떻게 해야 하는데?

몸을 둥글게 말아봐. 사과처럼 동그랗게.

동그랗게?

진진이 되묻는다.

이렇게 말이야.

나무는 주저앉은 채 무릎을 끌어당겨서 몸을 동그랗게 만
다. 진진은 멀뚱거리며 보고만 있다.

한번 해보라니까.

나무가 부추긴다. 진진은 못이기는 척하고 몸을 동그랗게 만다.

그리고 말하는 거야. 나는 하얀 사과다.

나는 하얀 사과다.

진진이 중얼거린다.

다음엔 숨을 참아.

나무가 주문한다. 진진이 숨을 참는다. 진진의 얼굴이 하얗게 질린다. 나무의 상상 속 하얀 사과처럼.

이를 테면 인식의 문제야. 봐봐, 이제 내 눈에는 네가 하얀 사과로 보여. 너를 하얀 사과로 인식한 거지. 그리고 그 인식은 세간에 알게 모르게 흘러들어갈 거야. 그 뒤엔 기다리기만 하면 돼. 시간이 흘러서 점점 너를 하얀 사과로 여기는 사람이 많아지면 너는 하얀 사과가 되는 거야. 그러니까 네가 진짜 하얀 사과이고 말고는 아예 다른 차원의 문제인 거지.

나무가 설명한다. 매뉴얼대로. 자식, 제법인걸.

참고로 럭키를 먹어도 될 수 없는 게 두 가지 있다. 부자와 시체. 인식의 문제가 아니기 때문이다.

그때 진진이 참던 숨을 몰아쉬며 말았던 몸을 편다.

그게 대체 무슨 말이야?

진진이 묻는다. 불만이 가득한 표정이다.

너 왕따 당해봤지?

응.

비슷한 원리야.

나무가 말한다.

음.

진진은 말을 잇지 못한다.

처음엔 하나만 너를 따돌렸지만, 나중엔 전부 너를 따돌렸
잖아.

음.

진진이 이번엔 수긍하는 것 같다.

진진, 넌 누구니?

나무가 묻는다.

하얀 사과.

진진이 대답한다. 작지만 확신이 깃든 목소리로.

해파리와 모닥불

나무는 어서 나무를 심어달라고 칭얼거렸어. 병든 소는 헛간과 귀여운 송아지들을 만들어달라고 졸랐지. 성가신 놈들. 내 고민은 따로 있었어. 이 공간을 뭐라고 부를까. 솔직히 낙원은 따분하기 짝이 없는 단어잖아.

여길 숲이라고 부르자. 나무가 조심스럽게 제안했어. 나무, 숲에 무슨 의미가 있는데? 숲은 그냥 나무가 많아서 네 마음에 든 거잖아. 처음에는 단순해서 핀잔을 주었는데, 머지않아 생각이 바뀌었어. 발음하다 보니 점점 숲이라는 말이 탐나지 뭐야. 모호, 너도 발음해봐. 숲. 숲. 숲. 숲. 숲. 숲. 숲. 엄마. 안녕. 그럼. 이젠. 이런 말들처럼 입에 착 달라붙어서 발음할 때마다 행복해지지 않아? 게다가 나도 나무 못지않게 숲을 좋아하거든. 숲길을 거닐며 사색을 하다가 저녁이 되면 모닥불에 토마토 스튜 같은 걸 끓여 먹는 거지. 친구들이 놀러오면 바비큐도 구워 먹을 수 있어. 애인이 곁에 있다면 더할나위 없겠지. 내가 허락하자 나무는 떨 듯이 기뻐했어. 병든소도 숲은 동식물에게 호의적인 공간이니까 상징적으로 괜찮은 것 같다며 신나 했지. 유일하게 잭이 촌스럽게 무슨 숲이냐면서 반대했어. 잭, 구시렁거리지 말고 얼른 우리가 묵을 오두막이나 지어! 할 일이 산더미라고! 어떻게 했긴. 평소처럼 무시해버렸지, 뭐.

진진도 자주 놀러 왔어. 하얀 사과가 된 채로 말이야. 진진은 하얀 사과가 되는 데 금세 익숙해졌어. 언제부턴가 럭키가 없어도 하얀 사과가 됐지. 나무의 셔츠 주머니에 쏙 들어가 있었는데, 숲에 도착하면 고개를 살짝 빼고 여기저기 두리번거리는 모습이 여간 귀여운 게 아니었어. 진진도 당연히 숲을 좋아했지. 숲에 오면 병든 소가 하얀 사과는 난생 처음 본다며 쓰다듬어주고 품어주고 핥아주고 예쁘다며 입에 침이 마르도록 칭찬해줬거든.

모호, 그 동안 연락이 뜸했지? 기다렸다면 미안. 한동안 숲을 가꾸느라 정신없었어. 우선 판사를 숲의 대법관으로 임명했어. 법원을 만들어주니까 판사는 틀어박혀서 헌법을 만들기 시작했지. 법은 필요악이야. 법이 없었으면 내가 이 나이까지 살 수 있었을까. 나를 혐오하는 이들에게 진작 살해되고 말았을걸.

숲의 헌법

1조 1항 : 숲은 민주공화국이 아니다.

1조 2항 : 숲의 주권은 국민에게 있지 않고, 모든 권력은 국민으로부터 나오지 않는다.

그 다음엔 숲과 쇼핑몰 지하주차장을 연결시키는 통로를 뚫는 작업에 돌입했어. 그 무렵 쇼핑몰 완공이 코앞으로 다가와 있었고, 이 통로를 통해 쇼핑몰에 마음대로 드나들고 싶었거든. 낙원과 낙원을 연결하는 통로. 줄이면 낙원의 통로. 근사하지 않아?

낙원의 통로가 완성되자 나무는 뛸 듯이 기뻐했어. 출근하기 수월해졌다나. 무슨 말인가 하면, 그동안 나무에게 계획이 생겼거든. 쇼핑몰에 취직하고 돈을 모아서 캐나다나 뉴질랜드 같은 진짜 낙원으로 이민을 떠날 계획. 당연히 진진과 함께였지. 그런데 내가 그 나라들이 낙원이라는 건 홍보 전략일 뿐이고 실상은 인종차별도 심각하고 테러도 빈번하게 일어난다고 하니까 나무는 조금 겁을 먹었어. 나무가 우리 품을 떠난다고 생각하니까 울적해져서 괜한 악담을 했지 뭐야. 그래도 진실은 진실이야. 조금 과장하긴 했지만 말이야.

우리는 낙원의 통로를 허투루 두지 않기로 했어. 바다와 해안도로를 만들고 싶어. 해안선을 따라 드라이브를 하는 거야. 샌드위치나 유부초밥을 먹으며 일출이나 석양을 보자. 나

무, 넌? 동물원도 만들 거고, 수족관도 만들 거고, 놀이동산
도 만들 거야. 나무와 나는 머리를 맞대고 의견을 냈어. 그러
려면 많은 사람들이 필요해. 내가 말했어. 한 가지 방법이 있
지. 병든 소가 끼어들었어. 우리는 병든 소에게 고개를 돌렸
어. 우리에겐 럭키가 있잖아. 병든 소가 광고의 한 장면처럼
노란 캡슐을 들고 씩 웃었지.

병든 소는 막바지 공사 중인 쇼핑몰 근처를 어슬렁거리며
럭키로 사람들을 유혹해서 납치했어. 나중엔 가만히 있어도
사람들이 유입됐어. 쇼핑몰이 완성되면 일자리를 잃을 생각
에 허무해진 인부도, 매니저에게 꾸중을 듣던 카페 알바도,
투기꾼에게 속아서 땅을 헐값에 팔아버리고 한숨짓던 농부
도 모두 럭키를 달라고 했거든.

당신의 인생에 만족하십니까?

병든 소는 이렇게 속삭였을 뿐이지.

아 참, 럭키를 산 사람 중에는 유명인도 있었어. 모호, 너도
얼굴을 보면 아 저 사람 하고 탄성을 내뱉을 거야. 얼마 전에
해외 영화제에서 여우조연상을 탄 배우였는데, 마약 스캔들
에 연루돼 기자들을 피해 다니다가 어떻게 이 동네까지 숨어
들게 됐나봐. 그녀는 병든 소에게 말했어. 샤워기가 되고 싶
습니다. 티 나지 않게 마음껏 울고 싶습니다.

낙원의 통로는 금세 가득 찼어. 그야말로 없는 게 없었지. 그런데 목공소와 사찰 사이 골목에 있는 염소 두 마리는 누구지? 염소들이 뜯어 먹고 있던 크리스마스트리는 누구고?

내 정신 좀 봐. 이걸 말하려고 연락했는데, 다른 이야기를 하느라 잊고 있었네. 어젠 네 소개로 사람들이 왔어. 네 고객들 말이야. 우린 쇼핑몰 지하주차장 비상구에서 접선했지. 그들이 누군지 모른다고? 남자 둘. 둘 다 멀끔하게 생겼어. 닉네임은 폴 뉴먼과 금성무. 이제 기억나지? 닉네임만큼 고리타분한 남자들. 직업을 묻자, 폴 뉴먼은 은행 강도라고 했고, 금성무는 카우보이라고 했어. 헛소리. 나는 그들이 야근을 한 뒤 방에 처박혀서 모호 너에게 스트레스를 푸는 별 볼 일 없는 샐러리맨이라는 걸 본능적으로 알아챘지. 둘이 꽤 친해 보여서 물어봤는데, 서로 모르는 사이더라고. 여기 와서 알게 됐는데, 알고 보니 나이도 엇비슷해서 친구하기로 했다나. 흐뭇하더라고. 친구가 된다는 건 좋은 거지. 절교를 한다는 것도 좋은 거고.

우리는 낙원의 통로를 걸으면서 대화를 나눴어.

뭐가 되고 싶어?

내가 물었어.

나는 해파리.

폴 뉴먼이 대답했어.

나는 모닥불.

금성무가 대답했어.

그럼 우린 이제 못 보겠네?

폴 뉴먼이 금성무에게 말을 건넸어.

왜?

물하고 불은 만나지 못하니까.

그러게 만나자마자 이별이네.

금성무가 말을 받았어. 쓸쓸한 뉘앙스였지. 우리는 한동안 말없이 낙원의 통로를 걸었어.

왜 하필 해파리가 되고 싶어?

얼마간 시간이 흐른 뒤 내가 물었어. 침체된 분위기를 전환하기 위해서였어.

나는 딱딱한 게 싫어. 곧 부서질 것 같아서 불안하단 말이야. 불안한 건 진절머리가 나. 직장 생활도 그렇고. 대출 끼고 분양 받은 아파트도 그렇고. 할부가 3년 남은 자동차도 그렇고. 두 딸을 키우는 것도 그렇고. 그러던 어느 날, 텔레비전에서 우연히 해파리를 봤지 뭐야. 눈을 뗄 수가 없었어. 해파리는 한없이 부드러워. 아무리 부딪쳐도 부러질 리 없지. 불안할래야 불안할 수가 없는 생물체가 바로 해파리야. 한 가지

더. 독이 있어서 아무도 만만하게 보지 못하지. 이게 제일 마음에 들어.

폴 뉴먼이 대답했어.

왜 모닥불이 되고 싶어?

이번엔 금성무에게 물었어.

스트레스를 받을 때마다 나는 모닥불이 불씨가 돼 전 세계를 불구덩이로 만드는 상상을 하곤 하지. 모닥불은 거대한 불이 될 수 있는 가능성을 지니고 있어. 하나 더. 돌아가신 외할머니가 떠올라서야. 어린 시절 나는 유난히 왜소했고, 시골 외할머니 댁에 가면 사촌들하고 어울리지 못한 채 늘 아궁이 모닥불 앞에 앉아 시간을 보냈어. 지금은 돌아가신 외할머니가 내 곁을 지켜주었지. 우리는 나란히 앉아 밤하늘을 바라봤어. 할머니, 왜 밤은 까매? 별은 왜 반짝거려? 모닥불을 바라보면 왜 죽고 싶어져?

금성무가 외할머니 이야기를 하면서 눈을 감았어.

그때로 되돌아가고 싶네.

금성무가 덧붙였어.

대화를 나누는 동안 우리는 숲에 도착했어. 나는 그들에게 럭키를 팔았지. 그들은 럭키를 삼키고 해파리와 모닥불이 됐어. 마침 얼마 전에 가출 청소년 하나를 수족관으로 만들어놓았는데, 타이밍이 딱 맞았네. 해파리는 수족관에서 수중생활에 적응하고 있어. 물에 익숙해지면 바다로 보내주려고. 독을 쏠 상대도 곧 만들어줄 작정이야. 모닥불은 걱정하지 마. 오두막 마당에 피워놨는데, 잭이 꺼지지 않도록 돌보고 있으니까.

울보

울보는 내 룸메이트다. 걸핏하면 울어서 울보다. 울보는 허리가 굽고 비실거리는 일흔 살 노인네다. 샤워장에서 봤는데 불알이 내 주먹만 하다. 늙다리 왕불알. 사기 전과 7범으로 평생 감방을 들락거리다가 가족에게 버림받고 여기까지 왔다고 한다. 울보는 어떻게 하면 토끼 머리에게 사랑받을 수 있을지 궁리하느라 여념이 없다. 이해는 된다. 토끼 머리는 가족과 달리 자신을 받아주었으니까.

왜 갑자기 울보 이야기를 꺼냈냐면, 오늘따라 울보가 알짱거리며 조잘거리기 때문이다.

이봐, 하루 종일 침대에 누워서 뭐 하는 거야?

울보가 묻는다. 나는 침대에 누워 있다가 울보를 본다. 울보는 맞은편 침대에 걸터앉아 나를 물끄러미 바라보고 있다.

울보, 괜히 누워 있는 게 아니야. 나는 병들었어.

내가 대답한다.

어디가 아픈데?

세상을 바로 보려고 하다가 아프게 된 거야.

나는 성가셔서 아무렇게나 대꾸한다.

병이 들면 세상을 바로 볼 수 있어?

울보가 묻는다. 이렇다니까. 받아주면 귀찮게 군다.

그럼.

나는 건성으로 대답한다.

왜?

세상은 병들어 있으니까. 그러니까 내가 병들면 병든 세상을 바로 볼 수 있지. 역의 역.

그럼 좋은 거네. 어떻게 하면 병에 걸릴 수 있어?

너는 이미 병이 들어 있잖아, 울보. 너는 힘도 없고, 머리도 하얗게 세고, 눈물도 많잖아. 너는 세상을 바로 볼 잠재력이 충분해.

속을 줄 알았지? 말이 되는 소릴 해. 세상이 병자를 외면할 텐데, 어떻게 병자가 세상을 바로 볼 수 있겠어? 그리고 나는 병들지 않았어. 늙은 건 병든 게 아니야. 자연스러운 현상이라고.

울보가 흐느끼기 시작한다.

죽는 게 두렵지?

내가 몸을 일으켜 침대에 걸터앉으면서 묻는다. 울보가 고개를 끄덕인다.

그럼 죽지 않게 해줄까? 싱싱하게 만들어줄까?

내가 말한다. 울보는 고개를 세차게 끄덕인다.

젊어지고 싶어. 죽는 게 두려워. 불알이 이렇게 큰데 죽다니. 나는 언제든지 아이들을 생산할 준비가 돼 있다고.

몇 살로 되돌아가고 싶은데? 서른 살? 스무 살?

아니, 태어나기 전으로 돌아가고 싶어.

태어나기 전?

가능성. 무궁무진한 가능성!

울보가 힘차게 외친다.

가능성이라.

나는 턱을 매만지다가 울보에게 럭키를 건넨다.

먹어봐.

울보가 럭키를 가져가려고 한다. 나는 주먹을 쥔다. 울보가 입맛을 다신다.

공짜로 가져가려고?

얼만데?

좀 비싸.

사기꾼 새끼. 네가 이 약으로 사기를 치고 다니는 걸 봤어. 이 약을 보고 뭐라고 하더라. 럭키라고 했었나?

울보가 소리 내 웃는다. 나는 울보를 걷어찬다. 울음소리가 커진다. 나는 강도를 높인다. 울보는 죽네 마네 통곡을 한다.

돈 줄게, 돈.

울보가 애원한다. 나는 발길질을 멈추고 손을 내민다. 울보는 딸이 처음이자 마지막으로 준 용돈을 내게 건넨다.

자, 럭키를 먹고 이렇게 말해봐. 나는 정자다.

나는 럭키를 건넨다.

정자? 지금 늙었다고 놀리는 거야?

울보가 럭키를 받고 눈을 치켜뜬다.

아니, 난 진지해. 정자는 인간의 근원이야. 무한대의 가능성을 내재하고 있는 존재지.

그럴듯하네.

울보는 약을 삼킨다.

나는 정자다.

울보가 말한다. 잠시 뒤 울보는 정신이 나간 것처럼 히죽거린다.

넌 사기꾼이 분명해. 잘 봐. 나는 아직 나라고. 정자는커녕 발기도 제대로 되지 않는 머저리라고. 내 돈이나 내놔! 얼른 안 주면 교장님한테 이를 거야!

울보가 소리를 꽥 지른다. 나는 울보를 걷어찬다.

아파, 그만!

울보의 눈에 눈물이 고인다.

고통이 싫으면 정자라는 걸 인정해.

맞아. 나는 정자야.

울보가 마지못해 인정한다. 난자를 찾아 헤매는 정자처럼 바닥을 꿈틀꿈틀 기어다니기도 한다.

징그러운 놈. 넌 지금 진심이 아니야.

내가 말한다. 내가 들어도 단호한 목소리로.

진심인지 아닌지 네가 어떻게 알아?

울보가 벌떡 일어나서 따진다.

넌 아직 늙은 개새끼로 보이거든.

내가 말하자 울보가 다가온다.

이제 약발이 떨어졌어. 다음에는 꼭 럭키를 믿어봐. 정자가 된다는 확신을 가지라고.

사기꾼 새끼. 교장님한테 다 이를 거야. 내 돈 내놔.

울보가 악을 쓴다. 나는 울보의 목을 조른다. 울며불며 살려달라고 애원하는 울보.

근데 넌 왜 자꾸 울어?

내가 묻는다. 손의 힘을 빼고. 울보는 숨을 몰아쉰다.

울면 그제야 나를 바라봐주거든.

울보가 울상을 지으며 대답한다. 울보가 조금 가엾게 느껴진다.

왜? 내가 불쌍해?

울보가 낄낄거린다. 얄미운 울보. 나는 울보에게 주먹을 휘두른다. 울보는 또 눈물을 보인다. 나는 울보를 친구로 여기지 않는 것 같다.

언제부턴가 울보는 내 글을 훔쳐본다. 나무가 술래잡기를 하자고 졸라서 벽장 속에 숨어 있었는데, 울보가 내 침대를 뒤져 노트를 꺼내는 것을 봤다. 모른 척해준 이후 울보는 매일매일 내 글을 훔쳐본다. 나도 숨어서 울보를 매일매일 지켜본다. 당장 달려나가서 울보를 짓밟고 싶지만 한편으로는 울보가 내 글을 보고 어떻게 반응할지 궁금하기도 하다.

어느 날, 울보는 내 글을 보고 흐느낀다. 어떤 구절이 그렇게 슬픈 거지? 어느 날은 읽다 말고 낄낄댄다. 울보, 나를 비웃는 건 아니지? 하긴, 네가 남을 비웃을 처지는 아니지. 어느 날은 볼펜으로 몇 페이지를 까맣게 칠한다. 벽장을 열어봐. 나는 울보 모르게 노트에 이렇게 써놓았다. 그 다음날, 울보는 내 노트를 읽다 말고 벽장을 연다. 나는 벽장에서 나와 울보의 뺨을 때린다. 울보가 깜짝 놀라 주저앉는다.

울보, 내 글을 왜 지운 거야?

빌어먹을. 내 인생과 똑같아서 견딜 수가 있어야지.

울보가 부어오른 뺨을 어루만지며 말한다.

네 인생? 그건 네 인생이 아니라 내 인생이야.

아니, 우린 근본적으로 똑같아. 너도 이 세상을 견디지 못해 여기에 숨어든 거잖아. 병든 소 운운하면서 말이야. 난 네가 너란 걸 다 알아. 너는 병든 소가 아니라 너야. 나무가 아니라 너라고. 네 일기를 읽으면 다 나와 있어.

울보가 입꼬리를 올린다. 할 말이 떠오르지 않는다.

왜 거짓말을 해?

거짓말이 아니야.

나는 울보를 때리는 시늉을 한다.

그래, 네 말이 맞아. 거짓말이 아니야.

울보가 몸을 움츠리며 말을 바꾼다.

질문 하나 해도 돼?

뭔데?

너 밤마다 어디에 가는 거야?

울보가 뭔가 알고 있다는 듯 음흉한 미소를 지으며 묻는다. 얼굴이 달아오른다. 울보가 히죽거린다.

무슨 헛소리야? 노망났구나.

나는 모르는 척한다.

수영장에 왜 갔지? 물도 없는 수영장에 수영하러 갔을 리없고. 뒤따라 가보니까 비상구 같은 데로 사라지던데. 그 문으로 들어가면 네 글에 나온 숲이 있어? 여기저기에서 사람들도 끌고 오는 것 같더만. 교장님도 알아? 그리고 보니 요새 시내에서 실종사건이 빈번이 벌어진다던데?

울보가 떠벌린다. 나는 울보의 목을 잡고 벽으로 밀어붙인다.

혹시 범인이 너야?

울보가 숨을 헐떡이며 묻는다.

교육

우리는 강당에 모여 있다. 일주일에 한 번 정부 지침으로 교육을 받는 시간이다. 토끼 머리는 멋진 양복을 차려입고 우리 앞에 선다. 동영상과 보고서에 첨부할 사진을 찍기 위해서다. 우리는 토끼 머리의 낯선 행색이 어색하기도 하고 재미있기도 해서 웃음을 터뜨린다.

조용!

토끼 머리가 발을 구른다. 우리는 입을 다문다.

오늘 교육은!

토끼 머리가 여기까지 말하고 뜸을 들인다. 우리는 토끼 머리에게 주목한다.

오늘 교육 주제는!

토끼 머리가 한 번 더 뜸을 들인다. 오늘은 뭘 할지 궁금하다. 예전엔 뭘 했더라. 갖가지 직업 교육도 했고, 외국어나 검정고시 교육도 했다. 지난주에는 인공호흡법을 배웠다. 토끼 머리는 울보에게 검은 봉지를 뒤집어씌웠다. 울보는 버둥거리다가 축 늘어졌다. 토끼 머리는 울보의 입에 숨을 불어넣었다. 울보가 되살아났다. 우리는 환호성을 질렀다.

오늘 교육 주제는 가족입니다!

그때 토끼 머리가 선포한다.

가족은 인간을 구성하는 신성한 혈연 공동체입니다. 교육에 들어가기 앞서 바지를 입고 예를 갖춥시다.

토끼 머리가 덧붙인다. 우리는 주섬주섬 바지를 입는다.

왜 바지를 입으라고 하는 거지? 그게 예랑 무슨 상관이지?

주위가 술렁거린다.

가족이 무엇인가요?

그때 누군가 물었다.

체념하고 받아들이는 것?

고통을 떠넘기는 것?

죽음을 공유하는 것?

여기저기에서 떠든다.

빌어먹을 것! 염병할 것!

누군가 외치고 우리는 웃는다.

자, 조용!

토끼 머리가 분위기를 잡는다.

서로를 훔치는 것?

기쁨을 모른 척하는 것?

그래도 우리가 떠들자 토끼 머리는 맨 앞에 서 있던 울보의 가슴팍을 찬다. 울보가 바닥에 나뒹군다. 우리는 비명을 지른다. 나도 비명에 동참한다. 토끼 머리는 우리가 겁에 질린 걸 보면 흡족해한다.

조용!

토끼 머리의 지시. 우리는 숨을 멈춘다. 토끼 머리 혼자 있는 것처럼 고요하다. 토끼 머리, 외롭지 않아?

가족은 서로를 이해하려고 노력해야 합니다. 보듬어주고 아껴줘야 합니다. 슬플 때나 기쁠 때나 곁에 있어야 합니다. 무엇보다 서로를 사랑해야 합니다. 자, 지금부터 세 사람씩 짝지어서 손을 잡고 가족을 이뤄보세요.

토끼 머리가 카메라를 의식하며 최대한 친절하게 말한다.

화날 때는요? 짓밟아도 되나요?

울보가 질문한다.

잔말 말고 손이나 잡아!

토끼 머리는 결국 성질을 이기지 못한다. 우리는 옆에 있는 사람의 손을 잡는다. 나는 왼손으로 판사의 손을, 오른손으로 진진의 손을 잡는다. 우리는 줄줄이 선 채로 가족이 된다.

가족을 만들었으면 애정 표현을 해보세요.

토끼 머리가 지시한다. 우리는 애정 표현이 뭔지 몰라서 주위를 살핀다. 주위도 우리처럼 주위를 살피는 중이다.

애정 표현은 기본 중의 기본! 가족 구성원에게 말해보세요. 사랑해.

토끼 머리가 팁을 준다.

사랑해.

사랑해.

사랑해.

우리가 말한다. 기분 탓일까. 잠시나마 행복해진다.

이번에는 자율적으로 애정 표현을 해보세요.

토끼 머리가 지시한다. 우리 가족은 재빨리 바지를 벗는다. 판사가 내 똥구멍을 핥는다. 나는 진진의 똥구멍을, 진진은 판사의 똥구멍을 핥는다. 우리는 누운 자세에서 원을 그리며 서로의 똥구멍을 핥는다. 우리 셋은 어엿한 가족이다. 다른 친구들도 우리를 따라 가족이 된다. 토끼 머리는 미간을 찌푸리며 우리에게 다가온다. 왜지?

바지 입지 못해?

토끼 머리가 윽박지른다.

애정 표현을 하라면서요?

진진이 되묻는다.

가족은 신성한 집단입니다. 불결한 행동은 하지 마세요.

토끼 머리의 얼굴이 붉으락푸르락 달아오른다. 우리는 토끼 머리의 눈치를 보며 바지를 입는다. 애정 표현인데, 불결하다니. 평소 본인이 강요해왔던 것 아닌가. 인간은 청결해야하니까, 가족끼리 서로 도와 청결하게 해주는 게 바로 애정표현이 아니고 뭔가. 불현듯 토끼 머리가 완전히 다른 사람처럼 여겨졌다. 마치 학교 밖에서 우리가 겪어왔던 사람들 같았다. 하의를 입은 채 하의를 벗고 싶다고 생각하는 사람들. 집단 히스테리.

자, 마지막으로 역할극을 진행해봅시다. 우선 역할을 정해주세요. 엄마, 아빠, 아이.

토끼 머리가 화를 억누르기 위해 애쓰며 다음 지시를 내린다. 우리는 역할을 배분한다. 진진은 엄마, 나는 아빠, 판사는 아이. 울보는 혼자 멀뚱거리며 서 있다. 아무도 울보에게 다가가지 않는다. 울보는 울음을 터뜨린다. 아무도 울보를 보지않는다. 불쌍한 왕불알.

진진은 가상의 방문 앞에 선다.

똑똑.

진진은 입으로 문 두드리는 소리를 내면서 가상의 방문을 두드린다.

누구십니까.

판사가 응대한다.

엄마다.

진진이 짐짓 근엄한 목소리로 대답한다. 판사가 문을 여는 시늉을 한다.

고생하셨어요, 엄마.

판사가 진진에게 달려든다. 진진은 팔을 벌려 판사를 안을 채비를 한다.

여보, 왔어?

나도 진진을 향해 달려든다. 진진의 품으로 뛰어들기만 하면 된다. 그럼 가족이다. 그때 저편에서 우리를 흘긋거리고 있던 울보가 뛰어든다. 울보는 판사를 밀치고 진진에게 안긴다.

엄마, 보고싶었어요.

울보가 말한다.

우리 엄마야!

판사가 울보에게 돌진한다.

우리 엄마야!

울보가 판사를 내팽개친다. 둘은 뒤엉킨다. 나와 진진도 그들에게 뛰어든다. 그때 토끼 머리가 우리에게 책걸상을 집어 던지고 카메라와 마이크를 집어던지고 손에 잡히는 모든 걸 집어던진다. 상처가 나고 피가 섞인다. 비로소 우리는 진정한 가족이 된 걸까.

모두 바지 벗어!

토끼 머리가 날카롭게 외친다.

화장실

모호, 드디어 쇼핑몰이 오픈했어. 연예인 사인회도 하고 불꽃놀이도 했다고 뉴스에 나왔는데 소식 듣지 못했니? 밤에 보면, 반짝반짝 빛나는 게 〈인터스텔라〉에서 봤던 우주선 같았다니까. 외계인이 나온다! 나무가 소리를 질렀는데 솔직히 말하면 나도 은근히 기대했다니까.

나무는 개장일 날이 밝자마자 쇼핑몰 옥상으로 달려갔어. 옥상 한가운데는 멋들어진 소나무가 서 있었지. 동네에서 유명한 소나무였어. 옥천대장군이라는 별명을 지닌 오백 년 묵은 소나무였는데, 신라시대 무장의 혼령이 깃들어 있다나. 나무를 베면 대대손손 저주를 받는다는 흉흉한 소문도 나돌던데, 누가 베서 옮겨 심었는지 모르겠네. 나무는 옥천대장군에 손을 대고 소원을 빌었어. 쇼핑몰에 취직시켜달라고.

옥천대장군은 나무의 소원을 들어줬어. 며칠 뒤 8층 생활가전 코너 정수기 판매원이 됐거든. 나무는 열과 성을 다해 정수기를 팔았어. 숨어서 봤는데, 코끝이 찡할 정도로 장하더라고. 그런데 옥천대장군은 나무를 책임지진 않았어. 나무가 아무리 애를 써도 매니저가 정해준 비현실적인 판매량을 채울 수 없었거든. 나무는 매니저에게 혼나기 일쑤였고 자신의 시급으로 할당량을 채운 뒤 풀이 죽어 귀가하곤 했어. 나무, 자책하지 마. 인생은 원래 그런 거야. 판매량 같은 건 슈퍼히어로도 못 채우는 거라고. 우리가 위로해주었지만 나무는 도무지 회복되지 않았어. 나무 걱정 마. 내가 도와줄게. 그러자 병든 소가 나섰어. 다음날부터 병든 소는 쇼핑몰을 사방팔방 돌아다니며 사람들을 끌어들였어. 오히려 역효과가 났지 뭐야. 사람들이 쇼핑몰에 웬 소냐며 기겁을 하고 피해 다녔거든.

나무는 해고되고 말았어. 병든 소의 말썽을 뒤집어썼거든. 나무는 점포 관리자에게 다짜고짜 찾아가 기회를 달라고 빌었어. 자리를 마련해주면 장사를 하고 싶다고. 관리자는 나무를 비웃으며 자리 값이 있느냐고 물었어. 나무는 한 푼도 없다고 했어. 대신 목숨을 걸고 열정을 다하겠다고. 관리자는 돈이 필요하지 목숨이나 열정은 필요 없다고 냉소했어. 나무가 계속 애원하자 관리자는 무슨 장사인지 이야기라도 들어보자고 했어. 나무는 고객들의 소원을 이루어주는 장사라고 했어. 관리자는 말도 안 되는 소리 하지 말라며 그 길로 나무를 쫓아버렸어. 대박 아이템을 보는 눈이 없네, 그 관리자가.

우리는 나무의 기를 살려주기로 했어. 쇼핑몰 8층 남자화장실에 자리 잡기로 했지. '수리 중'이라는 공고를 화장실 출입구에 붙인 뒤 죽치고 앉아 있었어. 럭키를 팔 작정이었어. 나무는 쇼핑몰 구석구석 돌아다니며 고객을 끌어다줬어. 병든 소는 고객이 오면 음매 음매 울며 관심을 끌었지. 이번에도 역효과였어. 왔던 고객도 병든 소를 보곤 겁을 집어먹고 도망갔다니까.

얼마나 지났을까. 나무가 누군가를 데리고 왔어. 진진보다 어린 소녀였어. 무슨 까닭인지 엉엉 울고 있었는데 얼마나 안타깝던지. 소녀는 병든 소가 무섭지 않았나봐. 병든 소가 볼을 비비며 위로해줬더니 눈물을 그치지 뭐야. 무슨 일이니? 내가 물었어. 소녀는 용돈을 모아서 엄마 생일선물로 귀걸이를 샀는데 넋을 놓고 옷을 구경하다가 귀걸이를 잃어버렸다고 했어. 간단했지. 우리는 소녀에게 럭키를 건넸어. 소녀는 주저 없이 럭키를 입에 털어넣고 귀걸이가 됐지. 물론 돈은 안 받았어. 이토록 가엾은 소녀에게 어떻게 돈을 받을 수가 있겠어?

점점 우리를 찾는 사람이 많아졌어. 화장실을 가득 메울 정도였어. 몸속에 행운을 넣으세요. 행운을 내 피에! 럭키를 복용하세요. 나무는 신이 나서 목청껏 소리 질렀지. 가끔 경비가 귀찮게 굴었는데 괜찮아. 경비도 고객으로 만들면 되니까. 모두 되고 싶은 게 하나씩은 있기 마련이거든.

아, 귀걸이? 나무는 귀걸이를 1층 귀금속 매장에 슬쩍 두고 왔어. 며칠 동안 주시했는데 귀걸이는 어떤 아줌마가 구입했다고 해. 그게 소녀의 엄마였으면 좋겠다. 그치?

사과

토끼 머리가 똥을 싼다. 진진은 똥 범벅이다. 진진은 그래도 참고 토끼 머리의 더러워진 항문을 솔로 문지르고 물로 헹군다.

진진, 너 지금 똥 투성이야. 더러워. 불결해.

토끼 머리는 배를 잡고 웃는다.

그만.

진진이 분을 참으며 말한다. 토끼 머리는 계속 똥을 싼다. 진진은 온몸으로 똥을 받아내면서 똥 묻은 토끼 머리의 항문을 솔질한다.

지저분한 종자 같으니라고.

토끼 머리가 킬킬거린다. 진진이 몸서리를 친다.

대체 언제 깨끗해질래?

토끼 머리가 진진을 약 올린다.

그만하라고!

진진이 참다못해 소리친다.

미안해.

토끼 머리가 사과한다. 진진이 솔질을 멈춘다.

미안하다니까 네가 나보다 우위에 있는 것 같지?

토끼 머리가 입술을 일그러뜨리며 기괴하게 웃는다. 진진은 자리에서 일어나 토끼 머리를 노려본다.

미친 새끼야! 제발! 제발!

진진이 머리를 쥐어뜯으며 뛰쳐나간다. 나는 청소를 멈추고 위를 올려다본다.

넌 계속 해!

토끼 머리가 소리친다. 나는 토끼 머리를 닦기 시작한다. 콧노래 소리가 들린다.

종교

나무는 화단에 물을 주고 있었다. 봉사활동을 온 수녀님이 나무에게 조심스럽게 다가오더니 럭키를 달라고 했다. 처음에 나무는 무슨 말이냐고 잡아뗐다.

다 알고 왔어.

수녀님이 말했다. 나무는 당황했지만, 당황하지 않는 척했다. 수녀님과 나무는 돈과 럭키를 교환했다.

무엇이 되고 싶나요?

나무가 물었다.

예수 그리스도.

수녀님이 럭키를 삼키며 말했다.

황새

나무가 기도를 한다.

누구한테 기도하는 거야?

진진이 묻는다.

황새에게.

황새?

서양에는 황새가 아기를 물어다 준다는 전설이 있대.

황새한테 무슨 기도를 하는데?

진진이 고개를 갸웃거린다.

도로 데려가달라고.

나무가 대답한다.

누구를?

아기를.

나무가 배를 쓰다듬으며 말했다. 나무는 토끼 머리를 닦다
가 실수로 정액을 먹었다고 고백했다.

정액을 먹는다고 무슨 임신이 되니? 성교육도 안 받았어?
남자 새끼가 무슨 임신이야. 넌 그냥 청소부라고!

진진이 나무를 쥐어박았다.

다음날이었다. 아침 일찍 일어나 마당을 맴돌던 나무는 입구에서 아기를 주웠다. 그때 어디선가 황새 울음소리가 들렸다.

드라이브

우울한 이야기는 잠시 접어두고 행복했던 기억에 대해 말하고 싶다. 나는 삶은 결국엔 파국으로 치닫는다고 믿는 편이고, 그럼에도 불구하고 행복했던 기억 한두 개쯤 가슴에 지닌 채 그 힘으로 살아가고 있다고 생각한다.

그날 이야기인데, 병든 소 기억나? 나무 너는? 그날에 대해 물어보면 나무는 괜히 부끄러워서 잘 떠오르지 않는다고 하겠지만, 병든 소는 음매 음매 울며 딴청을 부리겠지만, 진진은 대체 무슨 이야기냐며 나를 빤히 바라보겠지만, 나는 그들이 나와 마찬가지로 행복한 시간을 보냈다는 것을 안다.

그날 우리는 해수욕장으로 나들이를 갔다. 아, 아침에 성당에 들려 미사를 드렸구나. 예수 그리스도는 신자들에게 영성체 대신 럭키를 나누어주었다.

아멘.

나무가 럭키를 받아 들고 중얼거렸다. 예수 그리스도가 나무에게 눈을 찡긋했다.

우리는 해안 도로를 따라 달렸다. 바다는 더없이 푸르렀고 서핑보드를 타기 좋을 만큼 높은 파도가 치고 있었다. 해안가에는 하얀 모래가 깔려 있었는데, 맨발로 걸으면 기분 좋을 만큼 따뜻하고 부드러워 보였다. 구불구불한 해안도로로 옆으로는 가파른 절벽이 있어서 모두 마음을 졸였던 기억도 난다.

운전은 병든 소가 했다. 앞발로 핸들을 잡고 뒷발로 액셀레이터를 밟았는데, 모습이 기괴해서 그렇지 운전에 능숙해서 우리는 몇 번이나 감탄을 했다. 나무는 이참에 카레이스 트랙을 만들자고 했고, 나도 동의했다.

나무는 가는 내내 징징거렸다. 잭은 왜 데려오지 않았냐는 것이었다. 나는 솔직히 잭이 일을 하지 않고 노는 게 꼴 보기 싫었다. 나무는 내 심보가 고약해서 그런 거라고 했다. 어떻게 그렇게 부려먹으면서 월급 한 푼 안 주냐고 말이다. 학교 밖이었으면 나 같은 악덕 갑질 사업주는 진즉에 쇠고랑을 찼을 거라고 하기도 했다. 급기야 토끼 머리와 내가 다른 점이 대체 뭐냐고 따졌을 때 나는 화가 치솟았고 잭은 난쟁이지 사람이 아니라서 월급이나 휴가 같은 건 과분하다고 목청을 높였다.

너도 난쟁이로 만들어버린다!

아무리 화가 나도 이 말만은 해선 안 됐는데.

파시스트!

나무가 소리를 꽥 질렀다. 나는 나무의 뺨을 때렸다. 나무는 소리를 내서 울었다.

나무, 자꾸 어린아이처럼 굴래?

나는 나무의 머리를 밀쳤다. 병든 소가 말렸다. 진진도 훌쩍거리기 시작했다. 나무는 나 같은 독재자와 더 이상 살 수 없다고 쏘아붙인 뒤 토라졌는지 한동안 말이 없었다.

해수욕장에 도착할 무렵 나는 나무에게 사과했다. 나무도 생각 없이 막말을 한 것 같다고 미안하다고 했다. 나는 다음에는 꼭 잭을 데리고 놀러 가자고 했다. 나무는 그렇게 말해줘서 고맙다고 웃었다. 물론 상황을 무마시키기 위해 그냥 한 소리다. 잭과 동행할 생각은 추호도 없다.

참, 그날 일행 중에 새 친구가 있었다. 바로 나무가 주워 온 아기였다. 누군가 재활원 앞에 버리고 간 것 같은데, 나무는 황새가 가져온 아기라고, 자신이 낳은 아기라고 믿어 의심치 않았다. 우리는 아기를 숲으로 데려갔고, 토끼 머리 눈에 띄지 않게 키웠다. 아기의 이름은 그루. 단풍나무 한 그루, 버드나무 두 그루, 자작나무 세 그루. 나무가 아기를 위해 직접 노랫말을 붙인 자장가를 흥얼거렸던 게 기억난다. 그루는 낯도 가리지 않았고 우는 법도 없이 진종일 방긋방긋 웃었다. 우리는 그루와 정이 들었다. 나무는 그루가 자신의 아이라고 했다. 병든 소는 자신의 아이라고 했다. 나도 내 아이 같았다. 잭도 자신의 아이라고 했는데, 내가 삼킨 뒤로 다시는 그 이야기를 하지 않았다.

진진만은 조금도 기뻐하지 않았다. 어차피 그루도 자라면 본인처럼 불행해질 거라면서. 자신이 토끼 머리를 죽이는 데 실패하면, 그렇게 늙어가고 죽는다면, 대신 토끼 머리를 죽여 달라고 그루의 귀에 속삭이기도 했다.

우리 다섯은 해수욕장에 도착했고, 모래사장에 모여 앉아 해가 지는 걸 목도했다. 노을에 물든 바다를 내다보며 우리는 몇 가지 약속을 했다. 절망하지 않고 살아가기 위해 필요한 공동의 약속이었다. 그 뒤 우리는 해가 질 때까지 그 자리에 앉아 있었다. 나는 그 광경이 성스럽게 느껴졌는데, 그 이유는 설명하지 못하겠다. 진진이 고개를 숙이고 소리 죽여 흐느꼈는데 그 장면이 왜 그렇게 아름다워 보였는지, 그루가 거북이처럼 모래사장을 기어다니는 걸 보고 왜 마음이 벅차 올랐는지, 나무가 모래사장에 그루의 이름을 쓰는 걸 보고 왜 눈물이 핑 돌았는지, 병든 소가 운전을 하느라 지쳤는지 엎드려 졸고 있었는데 왜 그게 그렇게 신성하게 보였는지 아직도 모르겠다. 살아가다 보면 사소한 일에 행복을 느낀다고 하는데, 당시 내가 딱 그랬다. 오는 길에 나무가 가드레일을 박지만 않았어도 완벽했는데. 그러길래 운전은 아무나 하는 게 아니래도.

탈출

진진은 우리 중 그나마 세상에 적응하기 수월한 편이다. 내면과 다른 표정을 지으면 세상은 진진을 받아들인다. 내면의 상처를 외부로 표출하는 병든 소와 달리 진진은 기껏해야 캄캄한 방 안에서 자해할 뿐이니까. 울며불며 저주할 뿐이니까. 진진은 아무에게도 피해를 끼치지 않는다. 분노와 슬픔의 불길은 오로지 자신에게만 향할 뿐.

말했었나. 진진은 학교를 탈출한 경험이 세 번이나 있다. 길게는 석 달. 짧게는 일주일. 물론 적응하지 못해 매번 되돌아왔지만.

그루가 이유식을 먹을 무렵 진진은 네 번째 탈출을 감행했다. 매정하게 편지 한 장 남기지 않은 채 늦은 밤 숲을 몰래 빠져나갔다. 진진은 변덕이 심해. 그러니까 곧 되돌아올 거야. 나무가 입을 비죽거렸다. 진진 탓만 하지 마. 우리한테 질린 게 아닐까. 진진에게 잘못한 게 있는지 돌이켜볼 필요가 있어. 병든 소는 진진의 탈출을 우리 책임으로 돌렸다.

진진은 계절이 바뀌기 전에 되돌아왔다. 이유를 물어봤지만, 진진은 명확하게 대답하지 않았다. 그루에게는 귓속말로 오랫동안 속삭였는데, 그루가 그 이야기를 언제까지 기억할까.

사실 우리는 진진이 어디에서 무엇을 했는지 알고 있었다. 병든 소는 진진의 체취를 기억하고 있었고, 그 체취를 근거 삼아 진진의 뒤를 쫓은 것이었다.

진진은 학교를 떠나 서울로 향했고 자양동 고시원에 자리 잡은 뒤 새로운 사람이 되기 위해 애썼다. 아침 일찍 일어나서 산책로를 거닐며 운동도 했고, 주민센터에서 명상 수업을 수강했고, 자신감에 관한 자기계발서도 읽었고, 얼마 남지 않은 친구들과 연락도 했고, 일자리를 구하기 위해 분주하게 돌아다녔다. 저렇게 열심히 사는 진진은 처음 봐. 다른 사람 같아. 진진은 더 이상 하얀 사과가 아니야. 그냥 돌아가는 게 나을 것 같아. 멀리서 진진을 바라보던 나무는 진진이 우리와 있는 것보다 행복해 보인다고 했다. 나는 나무의 등을 쓰다듬어주었다. 풀 죽지 마, 나무. 진진은 머지않아 좌절할 거야. 내기할까?

예상대로였다. 진진은 오래지 않아 절망했다. 미성년자인 데다가 중학교도 졸업하지 못한 진진은 일을 구하기 쉽지 않았다. 운 좋게 면접까지 간다 해도 문제였다. 사장들은 진진에게 왜 자퇴를 했는지, 왜 부모와 따로 떨어져 사는지, 직업학교에 머물렀던 사회적 공백 기간 동안 무엇을 했는지 캐물었다. 진진이 머뭇거리자 사장들은 갖은 추측을 하며, 진진에게 사회부적응자, 낙오자 같은 딱지를 붙였다.

절망은 분노가 됐고, 그 분노는 엄마에게 번졌다. 진진은 분을 주체하지 못한 채 엄마를 찾아갔다. 엄마는 생활보호대상 연금으로 생명을 부지하며 고양이와 함께 살고 있었다. 엄마의 타고난 우울함은 사람들을 떠나보냈다. 선천적으로 공동생활이 부적합한 부류였다. 실제로 엄마는 진진과 살 때와는 달리 편안해 보였다. 모든 사람들을 떠나보낸 뒤 드디어 삶에 만족하고 있는 듯했다. 그날 진진은 엄마의 평화를 깨버렸다. 왜 대체 나를 낳고 무책임하게 이 지경이 되도록 방치했냐고 길길이 날뛴 것이었다.

나는 사람을 자식으로 둔 적 없어. 내 자식은 호두밖에 없단다. 호두는 먹이만 주면 내가 시키는 대로 한단다. 너는 먹이를 주는데도 제멋대로 굴었잖니.

엄마가 호두라는 이름의 고양이를 쓰다듬으며 말했다.

이래도 내가 엄마 딸이 아니라고? 이따위 유전자를 물려받았는데?

진진은 주방에서 식칼을 가지고 와서 온몸을 그었다. 진진의 몸에서 피가 뚝뚝 떨어졌다. 엄마는 눈 하나 깜짝하지 않고 커터 칼을 꺼내 자신의 몸을 긋기 시작했다. 호두가 음산하게 울었다. 진진은 엄마가 커터 칼로 목을 그을까봐 무서워서 밖으로 뛰쳐나왔다.

진진은 자신감을 잃었다. 진진에게 남은 건 온몸의 상처뿐이었다. 몸에 난 상처보다 더 깊은 마음의 상처도. 매번 반복되던 일이었다. 그래도 하얀 사과는 모두 예뻐해줬는데. 진진은 그때서야 우리를 떠올리며 그리워했다.

고시원 월세를 낼 돈이 떨어지고 직업학교로 돌아갈까 고민할 즈음 진진에게도 희망이 생겼다. 구직 사이트에 올려둔 이력서를 보고 연락이 온 것이었다.

진진을 고용한 건 시각장애인이었다. 70대 여성이었고 부동산 투기로 큰돈을 번 부자였지만 남편이 지병으로 사망하고 아들 내외가 미국으로 떠난 뒤 후암동 저택에서 혼자 지내고 있었다. 10년 동안 함께 했던 맹도견도 죽었다. 노인은 수발을 들어줄 사람이 필요했고, 무엇보다 외로웠다.

노인은 진진을 마음에 들어 했다. 실제로 보이지는 않아도 진진의 고운 심성은 보이는 듯하다고 했다. 진진도 노인이 싫지는 않았다. 까다롭게 굴지 않고 매너도 좋았다. 어렸을 때부터 영어 공부를 하는 게 살아가는 데 유용하다며 손자가 남겨두고 간 영어 문제집을 내주기도 했다.

일도 간단했다. 가정부와 함께 식사를 챙겨주고, 햇빛이 좋은 날이면 산책에 동행하고, 간단한 집안일을 하는 게 전부였다. 가끔 책을 읽어달라고 하기도 했는데 그루에게 매일 동화책을 읽어줬던 진진에게는 그리 어렵지 않은 일이었다. 2층 작은 방도 내줬는데, 남향에 큰 창이 나 있어서 볕이 잘 들었다. 마당에는 멋지게 휜 향나무 한 그루가 있었는데, 진진은 향나무를 볼 때마다 나무를 생각했고, 그리워할 수 있는 대상이 있어서 행복하다고 생각했다. 그렇다. 진진은 행복했다. 다가올 미래 역시 행복할 것 같은 예감이 들었다. 지난 세 번의 탈출을 돌이켜봐도 이런 느낌은 처음이었다. 아니, 살면서 처음 느낀 감정이었다.

일이 어느 정도 손에 익을 무렵이었다. 아침식사를 들고 방에 들어갔는데, 노인이 침대에 걸터앉아 흐느끼고 있었다. 진진은 깜짝 놀라 무슨 일이냐고 물으며 곁에 앉았다. 노인은 진진의 어깨에 기대 죽은 맹도견이 그립다고 했다. 진진은 마음이 동해서 도울 일이 있으면 언제든지 말해달라고 했다. 노인이 진진을 향해 고개를 돌렸다. 진진도 노인을 바라봤다. 그 순간 진진은 서로의 진심이 통했다고 생각했다. 텔레파시처럼!

다음날이었다. 노인은 오전 일과가 끝난 뒤 방에서 쉬고 있던 진진을 불렀다. 진진이 거실로 내려가자 노인이 목줄을 건넸다. 진진은 목줄을 받긴 받았지만 영문을 몰랐다.

목에 걸어.

노인이 말했다. 평소답지 않게 명령조였다. 진진은 석연치 않았지만 목줄을 목에 걸었다.

걸었어? 이제 길리 흉내를 내봐.

노인이 덧붙였다. 진진은 길리가 누구인지도 몰랐다.

길리처럼 짖어줘.

노인의 이상한 요구는 계속됐다.

길리요? 길리가 누군데요?

맹도견.

노인의 대답을 듣고 진진은 당황했다.

네? 개 흉내를 내라고요?

뭐든지 도와준다고 하지 않았어? 돈까지 주잖아. 동물이 동물처럼 군다고 돈을 주진 않거든.

노인이 근엄하게 말했다.

매매 희망자

요즘 들어 한 외지인 집단이 자주 드나들기 시작했다. 병든 소는 재활원 부지를 사기 위해 서울에서 온 사람들이라고 했다. 모르긴 몰라도, 회장님, 회장님, 하고 토끼 머리가 고개를 조아리는 걸 보면서 그들이 권력자인 건 틀림없다는 생각을 했다. 이야기를 엿들어보니 매매를 염두에 둔 모양이었다. 병든 소에 의하면 그들은 직업학교를 철거한 뒤 국내 최대 규모의 캠핑장을 지을 계획이라고 했다. 그 말을 듣고 나무는 신이 났다.

나무는 종이에 텐트 속에서 활짝 웃고 있는 세 사람을 그렸다. 나무 본인, 진진, 그리고 그루였다. 나무, 왜 나랑 병든 소는 빼놓고 그렸어? 서운했고, 왠지 괘씸했다.

가만보자. 너희 셋만 지우면 회장님들이 원하는 거네.

나는 나무에게 진실을 말해줬다. 나무는 펑펑 울었고 병든 소는 나무를 달래느라 진을 뺐다.

회장님들은 신중했다. 일주일에 두세 번씩 와서 매매를 재검토했다. 의심병과 편집증. 지금도 회장님들은 학교를 둘러보느라 정신없다. 그동안 우리는 방에 대기해야 했다. 토끼머리는 재활원이 팔리는 데 방해가 될 수도 있으니까 옷을 갖춰 입고 얌전히 있으라고 신신당부를 했다.

살아생전 이런 기회를 누리다니. 지금이야, 바로 지금. 쇼핑몰로 땅값이 치솟았을 때 팔아버려야 해.

울보는 엄청난 기회라고 떠벌렸다.

그게 교장 돈이지 할아버지 돈이에요?

나무가 쏘아붙였다. 울보는 기가 죽어 입을 달싹였다. 그때 발자국 소리가 커지더니 문이 벌컥 열렸다. 회장님들이 우리 방에 들어왔다. 울보는 맨발로 달려나가 이 학교 부지는 꼭 사야 된다고 소문난 명당이라고 설레발을 떨었다. 회장님들은 성가시다는 표정을 지었다.

선생님, 돌아가세요.

토끼 머리는 울보에게 눈치를 줬다. 울보는 눈치 없이 더 호들갑을 떨었다.

자리로 돌아가시라고요!

토끼 머리가 윽박질렀다. 울보가 고개를 떨군 채 침대로 돌아갔다.

죄송합니다. 치매기가 있어서.

토끼 머리가 회장님들에게 양해를 구했다. 회장님들은 괜찮다며 너털웃음을 지었다.

이 방은 VIP 전용 응접실로 꾸미면 되겠어요. 저 벽면에는 그림을 걸어놓으면 되겠군요. 요새 김환기 작품이 경매에 나왔다죠?

회장님 중 하나가 말했다. 그때 나무가 그들에게 자신의 그림을 보여주자고 속삭였다. 캠핑장에 걸어두면 많은 사람들이 볼 수 있을 거라고. 헛, 어차피 저들은 네 예술 세계를 이해할 수 없어. 미치광이 취급만 받을 거야. 내가 말했다. 나무는 토라졌는지 잠잠했다. 그게 현실이야, 나무. 누누이 말했지만 인정할 건 인정하는 게 여러모로 편하다고.

여기는 부엌과 창고.

회장님들이 진진의 방을 열었다.

여기는 욕실. 여기는 거실. 여기는 분수대. 여기는 차고. 여기는 영화관.

그들은 모든 방을 확인하고 향후 용도를 점검했다.

발소리가 멀어진 뒤 우리는 창고에 모여서 회장님들에 대해 이야기했다.

계약서에 도장만 찍으면 된다던데. 그럼 그들이 우리의 새로운 주인이 될 거야.

병든 소가 말했다.

그럼 더 이상 우리의 주인은 토끼 머리가 아니야?

나무가 물었다. 병든 소는 고개를 끄덕였다. 나무는 진진의 소원이 이루어졌다며 환호성을 질렀다.

바보, 회장님들이 학교를 산다고 우리까지 데리고 있을 것 같아?

진진이 고개를 내둘렀다. 진진의 말이 옳았다.

우리에겐 권리가 있어. 우리는 일종의 세입자라고!

내가 말했다. 판사는 세입자들의 권리를 담은 법률에 대해 검토하기 시작했다.

임차권등기명령. 보증금반환소송.

판사가 중얼거렸다.

이 철없는 양반들아! 보증금이나 냈어?

진진이 혀를 찼다.

저번처럼 협박할까?

병든 소가 제안했다. 그러나 그들은 앞서 온 잔챙이들과 달랐다. 회장님이라는 존칭에서부터 범접할 수 없는 아우라를 뿜어내고 있었다. 나는 두려워졌다. 몸이 부들부들 떨릴 지경이었다. 우리가 먼저 사야 하는데, 럭키를 팔아 돈을 모으려면 한참 남았고. 세상이 그렇게 호락호락하지 않다는 사실을 망각하고 있었다. 나무에게 충고할 처지가 아니었다. 내게는 현실 감각이 필요했다. 불현듯 기가 막힌 아이디어가 머릿속에 스쳐지나갔다. 그들을 다른 세계로 데리고 가는 것. 그들이 힘을 발휘하지 못하는 세계로 밀어넣는 것.

회장님들은 학교 내부를 둘러본 뒤 토끼 머리의 안내에 따라 마당으로 나갔다. 나는 소리 죽여 회장님들을 뒤따라갔다. 그들은 마당을 거닐고 있었다. 무슨 이야기를 하고 있었는데, 거리가 멀어서 잘 들리지 않았다. 나는 회장님들이 우리를 수영장에 몰아넣고 시멘트를 쏟아붓는 음모를 꾸미는 걸 상상했다. 마음이 급해졌다. 한시라도 빨리 작전을 실행해야 할 것 같았다. 나는 벽면에 붙어서 동태를 살폈다. 잠시 뒤 토끼 머리가 그들에게 인사를 하고 물러나는 게 보였다.

회장님들은 아직 볼 게 남았는지 마당 구석구석을 기웃거리고 있었다.

회장님들! 고민 많으시죠?

그때 나는 회장님들 앞에 나타났다. 회장님들은 깜짝 놀라며 뒷걸음질을 쳤다.

혹시 교장님한테 들으셨어요? 엄청난 가치를 지닌 공간이 있다는 이야기.

내가 묻자 회장님들을 고개를 저었다.

왜 안 하셨지? 모르셨구나. 제가 안내할게요. 일단 보시면 당장 이 학교를 사고 싶어질걸요.

나는 영업사원처럼 회장님들을 설득했다. 회장님들은 잠시 본인들끼리 숙덕거리더니 거기가 어디냐고 물었다. 나는 그들을 데리고 수영장으로 갔다. 회장님들은 여긴 그냥 수영장 아니냐고 반문했다.

일단 내려와봐요.

나는 수영장 바닥으로 풀쩍 뛰어내렸다. 회장님들도 의심스러운 눈길을 주고받더니 따라 내려왔다. 나는 회장님들을 숲의 입구로 데려갔다.

여기 출입구 보이죠? 이 안에 엄청난 게 있다니까요.

나는 숲의 입구를 열었다. 회장님들은 호기심을 보였고,

고개를 들이밀고 숲을 들여다봤다.

깜깜한데? 뭐가 있다는 거지?

회장님들이 물었다. 그때 병든 소가 달려와서 그들을 밀어넣었다. 회장님들은 절벽 아래로 떨어져 집단 자살하는 레밍 떼처럼 숲을 향해 줄줄이 추락했다. 잭은 철창문을 벌리고 있었다. 회장님들은 철창 속으로 빨려들어갔다.

불법침입! 감금형!

판사가 판결을 내렸다.

집단 실종

최근 두 건의 집단 실종이 벌어졌다.

첫 번째는 앞서 언급한 회장님들. 경찰은 직업학교 방문 이후 회장님들의 행적이 묘연하다고 의심했지만 증거를 발견하지 못했다. 우리에게 납치당했다고는 상상도 하지 못하는 모양이었다.

두 번째는 오십여 명의 직업학교 친구들이었다. 생존자 : 나, 병든 소, 나무, 울보, 토끼 머리. 친구들을 납치한 것도 바로 우리다. 이 글이 추리소설이라면 범인이 밝혀지는 걸 최대한 지연시키겠지만, 나는 그런 데 별로 관심이 없다. 그래서 자수한다. 물론 변명은 준비돼 있다. 나는 럭키를 통해 그들의 희망사항을 이루게 해주었을 뿐이다. 울보는 끝까지 럭키를 믿지 않았다. 정자가 되게 해주려고 했더니. 팔자지, 뭐. 의심 많은 불알왕.

담당 형사는 두 명이었다. 뚱한 표정의 통통한 황인종들. 둘 다 똑같이 생겨서 구분하지 않고 형사들이라고 통칭하겠다. 친구들마저 사라지자 형사들은 학교에 무언가가 있다고 확신했다. 그들은 학교를 샅샅이 수색했지만 이번에도 단서는 발견되지 않았다. 실종자들은 짐도 그대로 남겼고 보호자에게 연락하지도 않았다. 형사들은 저항한 흔적도 없고 도난품도 전무한 게 이상하다고 했다. 사건 당일 비명 소리 하나들리지 않았다는 것도 의미심장하다고 했다. 오히려 동조한흔적까지 보인다고 했다. 대부분 사라지기 전 방을 깨끗이정리했는데, 자살의 예후와 비슷하다고 하기도 했다. 그래도머리는 돌아가는지 두 사건과 최근 도시에서 벌어진 다수의실종사건들을 연관시켰다. 형사들이 수영장을 기웃거릴 때는가슴이 철렁했다. 숲의 입구 근처에 얼쩡거릴 때 심장이 멎는줄 알았다고. 친구들의 꿈이 산산조각 날까봐. 잭이 얼마 전에 수영장 바닥과 같은 하늘색으로 칠해두었으니 망정이지.

그래도 인정할 건 인정해야겠다. 토끼 머리가 여러모로 형사들보다 나았다.

너는 왜 아직 여기 남아 있지? 어째서 실종되지 않은 거야?

토끼 머리가 고개를 갸웃거렸고, 내가 할 수 있는 거라곤토끼 머리를 따라 고개를 갸웃거리는 것뿐이었다. 울보가 나를 의심쩍은 눈초리로 감시하는 것도 께름칙했다. 나는 럭키판매를 멈췄다. 나무도 판매 사이트를 폐쇄했다. 위기에 처했지만 후회는 남지 않았다. 더 이상 재활원을 노리는 외지인들이 보이지 않았기 때문이었다.

시간이 흘렀다. 여전히 단서도 나오지 않았고 뚜렷한 용의자도 없었다. 유야무야 넘어가는 눈치였다. 그러니 형사가 나를 소환한 건 전적으로 내 잘못이다. 방심했다. 럭키 판매를 재개하는 게 아니었는데. 병든 소가 쇼핑몰에서 럭키를 팔았던 게 결정적이었던 것 같다. 위장 잠복 중인 형사들에게 감쪽같이 속아버렸다. 급기야 병든 소는 도망치다가 다리도 접질렸다. 병든 소, 실제로 병들어보니까 소감이 어때?

심문

직업학교 학생들이 실종되던 날 어디 계셨습니까?

형사들이 물었다. 나는 머리를 굴리며 주위를 살폈다. 경찰서에 온 건 난생처음이었다. 그것도 용의자로. 긴장되면서도 신기했다.

기시감도 들었다. 숲을 제외하면 한국의 공간은 어디든지 비슷했다. 직사각형의 공간. 적당한 크기의 창문. 모노톤의 가구들. 정신분석의와 성형외과의의 진료실, 토끼 머리의 집무실 모두 마찬가지였다. 그 공간 안에는 하나같이 뚱한 표정의 통통한 황인종들이 들어 있었다. 나는 유리창에 비친 나를 봤다. 뚱한 표정의 통통한 황인종이 보였다. 나는 고개를 돌려 얼른 형사들을 바라봤다. 어딜 봐도 뚱한 표정을 짓고 있는 통통한 황인종 천지였다.

저는 언제나 방에 누워 있습니다. 경찰서 소환 같은 일만 없으면 말이죠. 같은 방을 쓰는 노인이 증인입니다.

나는 대답했다. 내가 들어도 태연한 태도로.

그 노인이 선생님을 용의자로 지목했습니다.

형사들이 말했다. 불알왕, 밀고자 개자식.

무슨 말이죠?

나는 시치미를 뗐다.

선생님이 회장님들을 살금살금 뒤따라가는 걸 봤다는군요. 교우들을 전부 사라지게 한 것도 선생님이라더군요. 무엇보다 소환의 결정적 이유는 노인이 선생님을 소라고 증언했기 때문입니다.

네? 소요?

저희는 학교에서 벌어진 두 건의 실종 사건이 최근 쇼핑몰 인근에서 속출하고 있는 실종 사건들과 연관이 있다고 직감했습니다. 쇼핑몰 인근에서 벌어진 실종 사건들의 공통점이 뭔지 아십니까? 다수의 증인이 사건 현장에서 소를 목격했다고 증언한 겁니다. 잠복근무를 하고 있던 경찰들도 소를 봤다고 합니다. 다리를 저는 소. 미친 것처럼 침을 줄줄 흘리는 소. 뜨거운 콧김을 내뿜는 소. 디테일은 조금씩 다르지만 그들은 모두 소를 봤습니다. 저희도 모르겠습니다. 그 소가 실제 소인지 환상 속의 소인지. 어쨌든 지금으로선 지푸라기라도 잡는 심정으로 그 소를 추적할 수밖에 없습니다. 그 와중에 놀랍게도 선생님이 소라는 증언이 나온 겁니다.

형사들이 말했다. 나는 당황했다. 첫 번째는 그들의 비이성적인 사고에. 두 번째는 그 비이성적인 사고로 인해 내 발목이 잡힐지도 모른다는 것에 대해.

무슨 말씀을 하시는 겁니까? 제가 소라고요? 기가 차네요. 소도 주민등록번호가 있나요? 본적이 있나요? 저는 소가 아니라 사람입니다. 국가에서 공인한 국민이란 말입니다. 불쾌하군요. 가진 것 없다고 범인으로 모는 겁니까? 영화에서 많이 봤습니다. 상부의 압박으로 빨리 사건을 해결해야 하니까 만만한 놈 하나 범인으로 모는 거 아닙니까.

내가 따졌다. 형사들은 미간을 모았다. 그때 내 노트가 떠올랐다. 내가 병든 소라는 사실이 내 필체로 적혀 있는. 형사들의 난감해하는 표정을 보니, 아직 노트의 존재를 알지 못하는 것 같았다. 울보에게 발각된 뒤 장소를 바꿔가면서 숨겨놓길 잘했지. 지금은 욕실 천장 위에 있다. 멍청한 울보, 내가 너라면 진작 노트를 형사들에게 갖다바쳤을 텐데. 수사의 기본은 심증이 아니라 물증이라고.

그 노인이 사기 전과 7범인 건 아시죠? 지금 형사라는 분들이 사기꾼 말을 믿는 겁니까?

나는 울보의 출신 성분을 근거로 반격했다. 그러나 형사들은 미심쩍은 눈길을 거두지 않았다. 그래도 잡아떼면 그만이었다. 누가 봐도 나는 소가 아니라 뚱한 표정의 통통한 황인종이었다. 머리 가죽을 벗겨 그 안을 보여주지 않는 한.

나는 자리에서 일어났다.

제가 소인지 아닌지 직접 확인해보세요.

나는 옷을 벗었고, 곧 알몸이 됐다.

알겠으니 옷 입고 앉으세요.

형사들이 난처한 기색을 드러냈다.

이 약들에 대해서도 설명해주세요.

내가 옷을 입고 자리에 앉자 형사들은 럭키가 가득 든 봉투 두 개를 꺼냈다. 두 봉투 안에는 동일한 형태의 노란색 캡슐들이 들어 있었다.

하나는 소가 잠복 중이던 경찰들에게 판 약이고, 하나는 선생님 방을 수색하다가 찾은 약입니다. 소는 위장 잠복 중이던 경찰에게 말했습니다. 당신의 인생에 만족하십니까? 이 약만 먹으면 원하는 게 될 수 있습니다. 노인 역시 비슷한 증언을 했습니다. 선생님이 이 약을 먹으면 젊어질 수 있다고 했다나. 듣자하니 이 약이 럭키로 불린다고요?

형사들이 회심의 일격을 날린 듯 나를 쏘아봤다.

뭐? 럭키요? 단단히 미쳤군요. 럭키는 그렇다 칩시다. 소가 약을 팔아요? 그것도 소원을 들어주는 약이라니요. 경찰이 그 말을 믿다니. 그리고 노란 캡슐에 든 약이 한둘입니까?

성분 분석을 마쳤습니다. 두 약의 성분이 동일하더라고요. 진통제와 안정제.

증거가 될 수 없다는 걸 더 잘 아실 텐데요. 널리고 널린 게 진통제와 안정제입니다. 게다가 전 정식으로 처방을 받아 진통제와 안정제를 복용하는 환자입니다. 못 믿겠으면 드셔 보세요. 형사님들이 되고 싶은 게 될 수 있나.

이번 대답으로 주도권을 잡은 것 같았다. 이미 내가 이긴 게임이었다. 형사들이 나를 의심하는 지점은 누가 들어도 억지에 뜬구름 잡는 소리거든. 노트만 발견되지 않는다면 말이야. 얼른 돌아가서 노트를 다른 데 숨겨둬야겠다는 생각이 스쳐지나갔다. 그사이 형사들은 귓속말을 주고받았다.

글쎄, 무엇이 되고 싶냐니까요?

좋습니다. 마지막 질문입니다. 선생님은 어떻게 살아남은 거죠?

저도 의문입니다. 범인이 누군진 모르겠지만 제가 싫었나 보죠, 뭐. 저는 증오의 대상이 되는 데 익숙합니다. 평생 따돌림 당했거든요. 그런데 살아남은 게 왜 죄가 되는 거죠? 그런 논리라면 그 노인도 용의자 아닙니까? 교장님은요?

나는 어깨를 으쓱했다. 퉁퉁한 황인종들의 표정이 한결 더 뚱해지기 시작했다.

연극

노트가 사라졌다. 욕실 천장 위에 없었다. 학교와 숲을 뒤 졌지만 노트는 나오지 않았다. 울보를 떠봤지만 모르는 듯했 다. 이미 형사의 수중에 들어갔을까봐 심장이 덜컹했다. 아니 나 다를까 며칠 뒤 재소환 통보가 왔다. 다행히 형사들은 나 를 증인으로 대하며 친구들이 평소와 다른 점은 없었는지 물었다. 눈치를 보니 노트를 입수하지 못한 것 같았다. 혹시 나무 네가 장난치는 거 아니야? 나무는 자신이 그렇게 한가 한 줄 아느냐고 인상을 썼다. 표정을 보아하니 병든 소도 영 문을 모르는 것 같았다. 아무래도 내 실수인 것 같았다. 하도 옮겨가며 숨겨서 깜빡한 모양이었다. 그러니까 메모해뒀어야 지. 잭도 공동묘지에서 그렇게 잃어버렸으면서. 병든 소가 핀 잔을 주었다.

시간이 지나도 노트는 나타나지 않았다. 형사들이 나보다 노트를 먼저 찾을까봐 찜찜했다. 나는 아예 걱정거리를 없애 버렸다. 쇼핑몰 물류창고로 형사들을 유인해서 납치한 것이 었다. 깊은 밤 병든 소의 크디큰 입을 보고 공포에 물들었던 형사들의 표정이 눈에 선하다.

우리는 낙원의 통로를 통해 실신한 형사들을 운반했다. 철창에 가둔 뒤 잭에게 재량껏 고문하라고 지시했다. 잭은 어리둥절해했다. 나라고 여기고 괴롭히라니까 그제야 잭은 상황파악을 했다. 잔인하다고 비난하지 말길. 판사의 판결을 따른 합당한 조치니까. 숲의 질서를 어지럽히려고 했던 거니까 내란선동죄에 해당하거든. 법은 원래 잔인한 거 몰랐나?

잭은 법보다 더 잔인했다. 밤새 빛을 비춰 잠을 재우지 않기도 했고, 전류가 흐르는 투구를 씌우기도 했다. 거꾸로 매달아놓기도 했고, 물고문을 하기도 했다. 형사들은 울며불며 제발 살려달라고 빌고 또 빌었다. 잭, 근데 너 형사들한테 무슨 억하심정이라도 있니? 잭에게 물었다. 잭이 퉁명스럽게 대꾸했다. 너라고 여기고 괴롭히라며?

내 입속에 들어가봐. 그럼 살려줄게.

어느 날, 잭이 형사들에게 제안했다. 형사들은 어떻게 해야 할지 몰라 우물쭈물했다.

내 입에 들어가라니까. 들어가지 않으면 굶겨 죽일 거야.

잭이 입을 벌렸다. 잭의 입에는 사람 손가락 하나도 들어가지 않았다. 형사들은 잭의 입에 들어가려고 발버둥 쳤다. 당연히 실패했다.

자, 다시 시작할게. 내 입에 들어가볼 사람!

일주일 뒤, 잭이 말했다.

제발 죽여주세요.

일주일 동안 굶은 형사들이 입을 모았다. 잭은 곰곰이 생각해보더니 둘이 싸워서 이기는 쪽을 죽여준다고 했다. 형사들은 싸우기 시작했는데, 승부를 내지 못한 채 둘 다 혼절했다.

잭을 통해 형사들이 수집한 증언도 들었다. 생각보다 많은 사람들이 병든 소를 용의자로 지목했다. 병든 소, 너는 어딜가나 티가 난다고. 우리는 병든 소를 놀렸고, 병든 소는 멋쩍어 했다. 그날 밤, 잭은 모닥불 앞에서 연극을 하듯 증언을 흉내 냈다. 우리는 깔깔거리며 웃었고, 매일 밤 잭에게 연극을 시켰다.

증언

〈증인1〉 시계 판매원(1층 시계 매대, 27세, 男) : 커다란 소 한 마리가 나타났을 때 저도 모르게 탄성을 내뱉었어요. 말 그대로 비현실적이었거든요. 아무리 농촌이라지만 쇼핑몰에 소라니요. 가당키나 한 말입니까. 보시다시피 저는 시계를 팔고 있습니다. 매장의 모든 시계는 정확한 시간을 가리키고 있어요. 한 치의 오차도 없을걸요. 제 손으로 하나하나 맞춰놓은 것입니다. 매니저가 경악할 정도로 초침까지 정확하다니까요. 제 성격이 원래 그래요. 고지식하다고 싫은 소리도 많이 들었죠. 그러나 제 생각은 다릅니다. 저는 시계처럼 정직한 삶을 살고 있다고 자부하고 있습니다. 그런데 그날 소가 나타났을 때 그 자부심이 산산조각 나버렸어요. 나도 결국 환상 속에서 허우적거리고 있구나. 되고 싶은 게 있으십니까? 소가 물었어요. 저는 이게 무슨 일인가 싶어서 말문이 막혔어요. 혹시 시계가 되고 싶으신가요? 소가 또 물었을 때 저는 다리에 힘이 빠져서 주저앉았지요. 말하는 소라니. 또 하나 기억나는 게 있어요. 소 뒤에는 비쩍 마른 소년이 있었어요. 소년은 손에 하얗고 둥근 걸 들고 있었어요. 지금 생각해 보니 꼭 사과처럼 생겼어요. 궁금한 게 있어요. 형사님은 하얀 사과를 본 적 있나요?

〈증인2〉 미화원(8층 미화원 휴게실, 54세, 女) : 얼마 전 이웃의 소개로 쇼핑몰에서 일을 하기 시작했습니다. 바닥이 반짝반짝 빛나서 콧노래를 부르며 청소할 수 있었죠. 우리 집도 쇼핑몰 같았으면 청소하는 게 신날 텐데. 이런 상상을 하면 조금 슬퍼지긴 했지만요. 그러던 어느 날이었어요. 8층 남자 화장실에 청소를 하러 들어갔다가 깜짝 놀랐습니다. 소 한 마리가 변기 근처에 엎드려 있고 꾀죄죄한 소년이 줄을 세우고 있었는데, 그 앞에 사람들이 바글거렸습니다. 부자와 시체만 빼고 뭐든지 되게 해드립니다. 럭키 사세요. 행운을 드립니다. 몸속에 행운을 넣으세요. 행운을 내 피에! 소년은 이렇게 외치고 있었죠. 저는 잡상인이 들어왔다며 담당 매니저에게 전화를 걸었습니다. 알고 보니 매니저도 줄을 서 있지 뭐예요. 호기심이 동하지 않을 수가 없었죠. 저도 무언가에 이끌리듯이 줄을 섰습니다. 소 앞에는 바구니가 있었고 그 안에는 돈이 가득 들어 있었어요. 젖통이 큰 걸 보니 암소 같기도 하고 불알이 축 늘어져 있는 게 수소 같기도 했어요. 소는 바구니에 돈을 넣은 사람들에게 약 봉지를 나눠주고 있었어요. 마약인가. 저는 덜컥 겁이 났어요. 사람들은 그 약을

243

받아먹었지요. 그리고 중얼거렸습니다. 저는 지갑이 되고 싶습니다. 나는 다이아몬드다. 저는 환호성입니다. 이상했던 건 그 사람들은 그대론데 다른 사람들이 그 사람들을 보고 지갑이다 다이아몬드다 환호성이다 이렇게 말하는 거예요. 계기는 기억나지 않는데, 저도 어느 순간 그 사람들을 지갑과 다이아몬드와 환호성으로 여기게 되었습니다. 그러니까 그들이 그것들로 보이지 뭐예요. 그날 저는 낙담한 채 퇴근했습니다. 아무리 생각해도 되고 싶은 게 떠오르지 않았어요. 꿈을 잊고 산 지 너무 오래 된 것 같아서 울적했답니다. 그때부터 지금까지 제가 무엇이 되고 싶은지 생각하고 있어요. 일이 하나도 손에 잡히지 않았어요. 멍하니 있는 시간이 많아져서 매니저에게 지적도 받았죠. 뭐가 되는 게 좋을까요? 어린 시절 제 꿈은 물리학자였습니다. 고등학교를 졸업하고는 가수가 되고 싶었죠. 지금은 꿈은 잊은 지 오래입니다. 죽지 못해 살고 있죠. 그런데 그날 이후 꿈이라는 글자가 마음속에서 꿈틀거립니다. 전 뭐가 되고 싶은 걸까요? 모르겠어요. 하나 분명한 건 집을 떠나고 싶다는 겁니다. 가족을 버리고 싶다는 겁니다. 혹시 아들 녀석이 사달라고 노래 부르는 노트북이 돼야 할까요? 그게 현실적인 선택일까요?

〈증인3〉 경비원(지하주차장, 72세, 男) : 이봐, 형사 양반. 난 항상 잠이 부족하다네. 지금도 피곤해 죽겠다고. 출근하려면 얼른 집에 가서 자야 해. 자네도 새벽부터 힘들겠군. 지금이야 하루이틀 밤을 새워도 괜찮겠지만 자네도 나이 먹어보게. 피차 피곤하니까 간단하게 하자고. 이 담배를 다 피울 때까지만. 어차피 난 아는 것도 별로 없어. 쇼핑몰은 저녁 8시가 되면 문을 닫지만 나는 그 시간부터 일한다네. 심야영화를 보고 나가는 사람들을 안내하거나 슬슬 순찰을 돌면서 어디 수상한 놈이 있나 살피는 게 내 일이야. 그날? 그날도 새벽 순찰을 마치고 경비실에 앉아 졸고 있었다네. 아, 졸았다는 건 아무에게도 말하지 말아주게. 일자리를 잃고 싶지 않으니. 몇 시쯤이었나. 아마 새벽 두세 시쯤 됐을 거야. 나는 인기척을 느끼고 눈을 떴어. 형사 양반, 죽을 때가 된 늙은이라고 헛소리하는 거 아니니까 앞으로 하는 말 오해하지 말고 들어주게. 나는 살아생전 법 없이도 살 사람이라는 말을 꽤 많이 들었으니까. 평생 선거 때마다 1번을 찍었다고! 이 쇼핑몰이 들어설 때도 무조건 찬성이었어! 나랏님 의견에 반대하면 발전이 없는 법이야. 국가가 발전해야 나도 발전하지. 봐봐, 그래서 나도 일자리 하나 얻었잖아. 인생을 순리대로 흘려 보내야 해. 젊은 놈들은 그걸 거스르려고 해서 문제야. 현실을 인정하고 어떻게든 적응해야지 부정하고 도망가려고 한다니까. 어쨌든 그날 그 시간 내가 본 건 줄줄이 어딘가로 향하는 사람들이었어. 선두에는 소 한 마리가 있었어. 맞아, 분명 소였네. 황토색 누렁이. 쇼핑몰에 소고기가 아니라 산 소가 있다니. 그것도 사람들을 줄줄이 끌고 가고 있다니. 확실하진 않은데, 황소 위에 웬 소년이 타고 있었던 것 같기도 하고. 나는 넋을 놓고 그들을 바라보고 있을 수밖에 없었네. 꿈속에서 헛것을 보고 있나 싶었으니까. 얼마나 정신이 없었냐면 대열에 합류해 소를 따라갈 판이었지. 사람들 눈에 초점이 없었던 게 기억나. 그 장면을 생각하면 아직도 소름이 돋는다네. 그들은 무언가에 홀린 듯 정처 없이 소를 따르고 있었어. 정신을 차렸을 때 그들은 어딘가로 사라지고 없더군. 내가 해줄 말은 이게 전부라네. 담배도 다 피웠군. 어때? 자네 생각에도 꿈이 맞는 것 같지?

몽타주

돼지우리

누구나 살아가다 보면 원한을 갖기 마련이다. 나도 원한을 품은 사람들이 있다. 친구들이 보는 앞에서 내 뺨을 때렸던 초등학교 담임교사. 대학교 오리엔테이션 때 노래를 시켜서 나를 수치스럽게 만들었던 과 선배. 자대 배치 받은 날 새벽 내 멱살을 잡고 죽여버린다고 겁박했던 군대 고참. 내 험담을 하고 따돌려서 퇴사에 이르게 한 직장상사. 그 외에도 적고 보니 백 명 가까이 됐다. 아, 나무의 요청으로 정수기 매대 매니저와 점포 관리자도 포함했다.

나는 그들을 숲으로 초대했다. 별장을 지었으니 바비큐 파티나 하자는 핑계로. 솔직히 기대도 안 했는데, 몇 명이 왔다. 그들은 내게 오랜만이라고, 잘 지내고 있는 것 같아 다행이라고 했다. 내게 무슨 짓을 했는지 잊은 모양이었다. 아, 황소개구리도 초대했지만 오지 않았다. 운 좋은 황소개구리.

나는 그들을 오두막에 딸린 창고에 가둔 채 며칠을 굶겼다. 내가 창고에 들어가니까 그들이 사느니 죽느니 앓는 소리를 했다. 듣기 싫어서 발로 걷어찼더니 조용해졌다. 나는 그들에게 무엇을 잘못했는지 기억나느냐고 물었다. 그들 중 몇 명이 사과를 했고, 그들 중 몇 명은 기억나지 않는다고 했다.

사흘을 더 굶기니까 모두 기억난다고 했다. 나는 그들에게 무엇을 기억해냈느냐고 물었다. 몇 명은 죄를 고백했고, 몇 명은 죄를 꾸며냈고, 몇 명은 생각도 하지 못한 새로운 죄를 털어놓았다. 나는 무슨 벌을 줄까 고민했다. 문득 개구리가 천사에게 했던 짓이 떠올랐다. 나는 그들에게 돼지 흉내를 내면 밥을 준다고 했다. 그들은 앞다투어 돼지 흉내를 냈다. 수치심도 잊었는지 계속 돼지처럼 굴었다. 나는 약속을 어겼다. 그들에게 밥을 주지 않고 돌아선 것이었다. 원망이 가득 찬 돼지 울음소리가 뒤에서 들렸다. 이 정도 거짓말은 그들의 죄에 비하면 아무것도 아니다.

밥을 줄 테니까 아예 돼지가 돼볼래요?

며칠 뒤, 내가 제안했다. 그들은 고개를 끄덕였다. 나는 럭키 한 움큼을 창고에 던졌다.

식인 돼지

헌법 12조 2항 : 모든 국민은 고문을 받을 수 있으며, 형사상 자기에게 불리한 진술을 강요당할 수 있고, 식인 돼지 밥이 될 수 있다.

식인 돼지 구별법. 식인 돼지는 일반 돼지랑 똑같이 생겼다. 구분하기 쉽지 않다. 손가락을 돼지우리 너머로 내밀었을 때 달려들면 일반 돼지다. 저 뒤에서 음흉한 미소를 띤 채 서성이는 것도 일반 돼지. 아예 모르는 척하는 게 바로 식인 돼지다. 식인 돼지인 걸 알면 당장 표적이 된다는 것을 아니까 본능적으로 경계하는 것이다.

식인 돼지는 타고나는 게 아니며 그래서 훈련이 필요하다. 방법은 간단하다. 굶기면 된다. 그래도 안 되면 며칠 더 굶기면 된다. 그럼 모든 돼지들이 손가락에 달려들지 않는다. 손가락의 주인이 우리를 넘어 들어오기만을 기다리지.

오랜만에 오두막 창고에 가보니 돼지들이 힘이 약한 돼지들을 먹은 상태였다. 돼지 수는 반으로 줄어버렸다. 나는 살아남은 돼지들을 며칠 더 굶겨서 식인 돼지로 만들었다.

그날 식인 돼지는 포식했다. 철창 안에 가둬둔 수감자들을 돼지우리로 쏟아버린 것이다. 수감자 중에는 형사들도 있었다. 잭이 말하길 하나는 돼지에게 먹혀서 죽었고, 하나는 식인 돼지가 됐다. 불쌍한 양반들. 그러게 왜 그렇게 성가시게 굴었어. 왜 걱정을 끼쳤느냔 말이야.

마지막 텔레파시

살아서 보내는 마지막 텔레파시가 될 것 같은 예감입니다. 요새 바빠서 연락을 통 못했어요. 삶을 정리하기 위해 부지런히 움직여야 했거든요. 회사 사이트도 삭제하고, 환불 처리도 해주고, 노트북, 가방, 분장도구도 처분했죠. 엄마와 마지막으로 제주도 여행도 다녀왔는데, 엄마가 그렇게 좋아할 줄 알았으면 진작 다녀올 걸 그랬어요.

어디서부터 말해야 할까요. 얼마 전, 나는 손가락을 자르고 나서 고릴라님에게 오백만 원을 받았습니다. 손가락 봉합수술비를 제하고 나서도 돈이 많이 남았어요. 오랜만에 뮤지컬도 보고 친구도 만났죠. 여유자금이 생기니까 숨통이 트이는 기분이었어요. 어느 순간부터 내가 곧 죽을 운명이라는 것을 직감했습니다. 손가락이 팔이 되고. 팔이 목이 되고. 목이 목숨이 되고. 한번 시작하면 다음은 쉬운 법이니까요. 나는 생각했습니다. 죽기 전에 해피를 만나야겠다.

그즈음 해피는 하루가 멀다 하고 나를 찾아왔어요. 문에 기대 오들오들 떨고 있는 해피. 학교에도 가지 않고 밤낮없이 나를 기다리는 해피. 안아주고 싶은 해피. 나의 해피. 어느 날, 나는 해피 엄마의 사진과 비슷하게 분장한 채 문을 열었습니다. 문을 열자마자 해피는 내게 안겼습니다. 엄마. 엄마. 해피가 나를 불렀습니다. 그래, 사랑하는 우리 아들. 나는 해피를 꼭 안아줬습니다.

해피는 자주 놀러왔어요. 짜장면도 시켜 먹고 배드민턴도 쳤어요. PC방에도 가고 동물원에도 갔어요. 엄마한테 친구 집에서 잔다고 거짓말을 하고 외박도 했죠. 며칠 동안 외박하는 아들에게 전화 한 번 하지 않는 엄마 험담을 하기도 했어요. 침대에 나란히 누워서 서로의 꿈에 대해서도 이야기했습니다. 비밀을 지키기로 했으니 해피의 꿈이 뭔지는 말하지 않을게요. 섭섭해하지 마세요. 모자간의 비밀이니까요.

아, 럭키 잘 받았어요. 럭키를 보내달라고 했을 때 내게 되고 싶은 게 뭐 있느냐고 물었죠? 그땐 말을 흐렸는데, 지금은 확실하게 말할 수 있어요. 나는 해피의 엄마가 되고 싶습니다. 해피의 엄마인 척하는 게 아니라, 진짜 해피의 엄마 말이에요. 문득 해피의 엄마가 되려면 빚부터 청산해야겠다는 생각이 들었어요. 이대로 가다간 살아생전 빚을 갚지 못할 것 같은데 해피에게 부끄럽고 무책임한 엄마가 되고 싶진 않았거든요. 그때 단번에 빚을 청산할 수 있는 방법이 떠올랐어요. 고릴라로 분장해서 죽어버리면 모든 게 해결되죠. 나는 결심했어요. 고릴라님에게 말했더니 탁월한 선택을 했다며 당장 날을 잡았습니다. 죽음이 문제가 될 건 없는 것 같아요.
죽은 엄마가 돼 해피의 기억 속에 영원히 살 수 있으니까요.

불사조

그 무렵, 토끼 머리가 수상했다. 나를 본체만체하고 토끼 머리 청소도 시키지 않았다. 올보가 토끼 머리 옆에 붙어서 작당 모의를 하듯 수군거리는 것도 심상치 않았다. 나는 때가 임박했다는 것을 직감했고, 숨을 죽인 채 때를 기다렸다.

그러던 어느 날, 토끼 머리가 나를 불렀다. 나는 럭키에 수면제를 채워넣고 교장실로 향했다. 토끼 머리는 책상에 앉아 무언가를 읽고 있었고, 올보는 무릎을 꿇은 채 토끼 머리를 닦고 있었다. 가까이 다가가자 토끼 머리가 읽고 있는 게 무엇인지 알 수 있었다. 바로 내 노트였다. 노트를 어디에 두었는지 잊어버린 게 아니었다. 그 시점이 언제인진 모르겠는데, 올보가 찾아내 토끼 머리에게 상납한 것 같았다. 올보, 제법 똑똑한걸? 괜히 사기 전문가가 아니야. 내가 두려워하는 건 공권력이 아니라 토끼 머리니까.

병든 소, 나는 네가 범인이란 걸 알고 있어. 형사들이 소 운운할 때부터 눈치 챘지. 물론 신고하거나 증언하진 않을 거야. 걱정 마, 이 노트도 경찰에 넘기지 않을 테니까. 평범한 사람들이 보기에 네가 소일 리가 없거든. 나만 바보 되는 거지. 그간 내가 쌓아온 평판과 이미지는 엉망이 되고 말 거야.

토끼 머리가 노트를 덮으며 말했다.

지금쯤 다 죽었겠지? 형사들도? 회장님들도? 네 노트에 다 나와 있어. 잡아뗄 생각 하지 마.

토끼 머리가 내 눈을 바라봤다. 나는 토끼 머리의 눈길을 피하지 않고 맞받아쳤다.

착각하지 마. 난 네가 두렵지 않아. 오히려 네가 두려워해야 할 대상이지.

토끼 머리가 눈을 부릅떴다.

병든 소라고? 나무라는 열네 살짜리 소년이라고? 웃기고 있네. 넌 삶을 헤쳐나갈 자신이 없는 의지박약자일 뿐이잖아.

토끼 머리가 책상 위에 노트를 툭 던졌다. 나는 고개를 숙이고 싶지 않았지만 얼굴이 빨개져서 고개를 숙일 수밖에 없었다. 마지막일지도 모르는데 자존심 상하게, 젠장.

나도 숲이라는 데 가볼 수 있을까?

토끼 머리가 물었다.

데리고 있던 친구들을 다시 만날 수 있을까? 그들이 내게 고개를 조아리는 걸 보고 싶거든. 네가 방해하는 바람에 부자가 될 기회를 박탈당했는데, 그 정도 보상은 해줄 수 있잖아?

토끼 머리가 히죽거렸다.

아, 맞다. 그리고 내가 토끼 머리라고?

토끼 머리가 미친 듯이 웃기 시작했다.

아니, 이걸 보고 그런 건가?

토끼 머리는 토끼 머리를 내게 돌렸다. 오랜만이야. 보고 싶었어. 토끼 머리가 내게 인사를 건네는 듯했다. 그때 토끼 머리에서 오줌이 새어나오기 시작했다. 오줌발이 끊기자 울보는 물에 적신 수건으로 허겁지겁 토끼 머리를 세척했다.

저리 꺼져. 정신 사납게.

토끼 머리가 울보를 밀쳤다. 울보는 바닥에 내팽개쳐진 채 흐느꼈다.

나한테도 럭키를 좀 팔지 그래?

토끼 머리가 손을 내밀었다. 나는 그게 무슨 말이냐고 잡아뗐다. 약삭빠른 울보는 내 몸을 뒤져 럭키를 찾아냈다. 토끼 머리는 울보에게 럭키를 건네받았다.

이걸 먹으면 나도 원하는 게 될 수 있을까?

토끼 머리가 물었다. 그는 손에 쥔 럭키를 이리저리 굴렸다. 나는 고개를 꼿꼿이 들고 토끼 머리를 응시했다. 언제까지고 피할 수만은 없었다.

어떤 게 되고 싶으십니까?

내가 물었다.

슬슬 본색을 드러내는군.

토끼 머리가 씩 웃었다. 나는 잠자코 토끼 머리를 바라봤다.

간단해. 영원히 살 수만 있으면 무엇이든 상관없어. 항상 허무했거든. 어차피 죽을 텐데 아등바등 사는 게.

토끼 머리는 진지해 보였다. 영원히 사는 건 무엇이 있을까? 생물에게 죽음은 숙명이고, 무생물 중 하나가 돼야 할 텐데.

그래, 결정했어. 답이 여기 있었네. 나는 토끼 머리가 될 거야. 토끼 머리는 토끼가 아니니까 영원히 살 수 있을 거 아냐. 토끼 머리에겐 심장이 없을 테니. 일종의 박제처럼 말이야.

토끼 머리는 럭키를 털어넣었다. 럭키를 꿀꺽 삼킨 뒤 눈을 감았다.

사기꾼, 이건 가짜 약이잖아.

잠시 뒤 토끼 머리가 눈을 떴다.

그대로네.

토끼 머리가 자신의 몸을 이리저리 훑어봤다.

심장도 여전히 뛰잖아.

토끼 머리가 손을 심장에 댔다.

토끼 머리는 이거뿐이네.

토끼 머리가 축 늘어진 토끼 머리를 쓰다듬었다.

럭키를 믿으세요. 부디 자기 자신을 믿어보세요, 교장님.

지금 나를 기만하는 건가?

토끼 머리가 자리에서 일어나 내 멱살을 잡았다.

잠깐. 일어서니까 약 기운이 도는 것 같군.

토끼 머리가 비틀거리며 멱살을 풀었다. 수면제 효과가 나타나는 것 같았다. 나는 머리를 굴렸다. 그때 내 머릿속에 떠오른 건 토끼 머리의 토끼 머리, 그러니까 토끼 머리의 생식기였다.

인간은 누구나 죽습니다. 영생의 기반을 닦기 위해서는 무엇보다 인간의 한계를 극복해야 합니다. 한계는 사람에 따라 상이하게 나타나는데, 교장님의 경우에는 청결에 대한 집착인 것 같습니다. 매몰돼 있는 항문은 없애기 까다롭지만, 남성의 생식기는 돌출돼 있습니다. 생식기를 없앤다면, 그러니까 한계를 극복한다면, 불멸에 좀 더 가까워지지 않을까요? 토끼 머리가 되는 데 도움이 될 거예요. 토끼 머리를 자르면 진정한 토끼 머리가 된다. 절대 진리 같지 않습니까. 패러독스와 아이러니를 품은.

나는 토끼 머리를 설득했다. 울보가 속지 말라고 소리쳤지만 토끼 머리는 성가시다는 듯 손을 내저었다.

토끼 머리를 자르면 진정한 토끼 머리가 된다.

토끼 머리가 혀 꼬인 소리로 읊조리며 바닥에 드러누웠다.

토끼 머리를 자르면 진정한 토끼 머리가 된다!

토끼 머리가 소리 질렀다. 탐스러운 토끼 머리를 죽 내밀고. 나는 토끼 머리를 깨물었다.

더! 더!

토끼 머리가 울부짖었다. 나는 있는 힘껏 깨물었다. 마침내 내 입속에 피와 토끼 머리의 일부가 들어왔다.

어서 나를 불사조로 만들란 말이야! 고통을 없애달란 말이야!

토끼 머리가 데굴데굴 굴렀다. 울보는 발을 동동 구르며 토끼 머리를 살려내라고 호들갑을 떨었다. 나는 입안에 굴러다니는 토끼 머리를 뱉어냈다. 토끼 머리에게서 떨어져나온 토끼 머리가 바닥에 나뒹굴었다.

나는 불사조다!

토끼 머리가 절규했다. 맞아, 불사조. 좋은 생각인걸.

토끼 머리가 정신을 잃은 뒤 나는 창고에서 석유를 가져왔다. 그리고 토끼 머리와 교장실에 뿌렸다.

소원대로 불사조로 만들어드리죠. 불멸의 신이시여.

나는 교장실에 불을 붙였다.

그렇게 토끼 머리는 불사조가 됐다. 불쌍한 울보. 같이 도망가자니까 떨어져나간 토끼 머리를 닦다가 함께 타버렸다.

그날 재활원은 활활 타올랐다. 장관이었지. 맞다. 내 노트도 불타버렸다. 깜빡하고 미처 노트를 챙기지 못한 것이다.

상관없다. 증거는 확실하게 인멸됐으니.

장례식

모호와 닮은 사람들이 모호의 영정 앞에 모여 있었다. 모호가 여러 사람으로 부활한 것 같아서 혼란스러웠다.

모호. 모호. 나의 가여운 모호.

나는 모호의 영정사진을 보고 중얼거렸다. 물론 텔레파시로.

나는 착각하고 있었다. 죽은 모호와는 텔레파시를 나눌 수 없었다.

끽. 끽. 끽. 끽. 끽.

돌고래 소리를 들으면 나를 기억하지 않을까.

끽. 끽.

오랜 시간 모호의 영정 앞에 서 있자 모호를 닮은 사람들이 나를 이상하게 바라봤다. 나는 장례식장 복도에 웅크리고 앉아 있는 해피를 숲으로 데려왔다.

영원한 숲

시간이 얼마나 흘렀는지 모른다. 형사 실종 이후 불이 붙었던 수사도 별다른 증거가 나오지 않자 유야무야 됐다. 그동안 쇼핑몰은 지역의 명소로 자리 잡았고, 마을은 제법 도시 흉내를 내며 몸집을 키우고 있었다.

실종과 화재가 연달아 일어난 뒤 직업학교 부지는 아무도 탐내지 않았다. 전소되고 골조만 남은 재활원은 점점 흉물스러워졌고, 귀신이 나온다는 소문이 돌아 모두 다가가길 꺼려했다. 가끔 숨바꼭질을 하러 아이들이 왔지만, 병든 소가 겁을 준 뒤 그마저도 발길을 끊었다. 술에 취한 연인이나 불량배들이 으슥한 곳을 찾아왔다가 행방불명되기도 했다. 그중 몇 명은 숲의 식구가 됐고, 몇 명은 식인 돼지 밥이 됐다. 그 외에도 실종자가 몇 명 더 있다고 들었는데, 그들이 어디로 갔는지는 잘 모르겠다.

나무는 숲에 눌러앉았다. 진진과 그루를 데리고 외국으로 이주하는 게 현실적으로 불가능하다는 걸 깨달은 것이다. 쇼핑몰에 대한 미련도 접었다. 우주선은 무슨 우주선. 그냥 쇼핑몰이지. 어느새 나보다 키가 커진 나무는 쇼핑몰만 보면 중얼거렸다. 참, 시간 낭비라며 그림 같은 건 쳐다보지도 않는다. 잭을 부릴 줄도 안다. 입에 넣는 시늉을 하며 협박도 한다. 그래도 양심의 가책을 느끼지 않는다. 잭은 나보다 나무를 더 무서워한다. 오히려 내가 잭을 두둔할 정도다. 다 컸어, 나무. 기특해.

토끼 머리는 사라졌지만, 진진은 여전히 우울해 보였다. 또 다른 증오 대상을 찾고 있는 걸까. 진진은 아무도 모르게 해안가에 다녀오곤 했다.

그루는 아장아장 걸어다녔다. 배시시 웃고, 콩콩 머리를 찧고, 아무거나 주워 먹고, 아무한테나 엄마 엄마 거렸다. 진진은 틈날 때마다 그루에게 무언가를 중얼거렸는데, 토끼 머리 다음으로 누구를 죽이라고 이야기하는 건지 궁금했다.

여전히 모호는 텔레파시를 보내도 응답이 없었다. 나는 끊임없이 접선을 시도했다. 모호, 우린 죽어서도 소통할 수 있잖아. 왜 대답이 없어? 해피를 통해서 안부 전했는데, 건강하지?

해피는 나와 달랐다. 하루에도 몇 번씩 공중전화 부스에 들어가서 모호와 대화를 나눴다. 텔레파시를 주고받은 거냐고 물어봤지만, 해피는 텔레파시가 뭐냐고 되물으며 마음만 먹으면 모호와는 언제라도 이야기를 나눌 수 있다고 했다. 무슨 이야기를 나눴는지 물어봐도 희미하게 웃을 뿐 말해주지 않았다.

병든 소? 병든 소는 폐허가 된 학교에서 나를 기다린다. 약속을 한 것도 아닌데. 고개를 길게 빼고 간절하게. 병든 소가 가여웠지만 나는 모습을 드러내지 않는다.

음매. 음매.

병든 소가 나를 찾으며 건물과 부지를 떠돈다. 병든 소의 울음이 숲까지 울려 퍼진다.

나

나는 어디에 있을까. 병든 소가 그렇게 기다리는데.

나는 공동생활에 싫증이 났고, 숲 어딘가에 은신처를 마련했다. 커다란 창으로 바다가 내다보이고 지붕 위에 올라가면 별이 쏟아지는 곳에.

나는 불타버린 기억을 되짚으며 글쓰기를 재개했다. 글을 쓰다 지치면 해안가를 거닐었다. 간혹 해안가에 앉아 흐느끼는 진진이 보이면 발걸음을 돌렸다. 사람과 대화를 나누면 쓰고 싶은 욕구가 사라지는 법이니까.

어떻게 찾아냈는지 잭이 내 수발을 들었다. 귀찮다는데도 끼니때마다 밥도 챙겨주고 말동무도 돼주었다. 나는 괜히 꼬투리를 잡고 화를 내다 잭을 또 삼켜버렸고. 내가 잘못했지. 잘못했어.

병든 소, 나무와 동떨어진 채 글쓰기에만 몰입하다 보니, 완벽한 내가 된 것 같은 느낌이 들었다. 그 어떤 존재도 아닌, 온전한 나. 생소한 기분이었다. 돌이켜보니 나를 주제 삼아 글을 쓴 적은 없는 것 같다. 죄다 다른 존재에 대해서만 썼을 뿐. 비로소 나는 내가 된 채 나에 대해 생각하기 시작했다. 그리고 쓰기 시작했다. 이 순간, 바로 지금, 오늘 나에 대해. ■

2016년 가을부터 1년 동안《Axt》에《병든 암소는 나를 사랑하지 않는다》를 연재했다. 사정이 생겨서 바로 출간하지 못한 채 시간이 흘렀다. 그동안 삶의 동반자들이 생겼고, 직장을 옮겨다녔다. 나는 과거를 비관하기보다 미래로 나가는 데 몰두했다. 좋아했던 영화를 싫어하게 됐고, 스케줄러 사용을 멈췄다.《나는 자급자족한다》를 출간했고, 독자에 대해 생각했으며, 더 이상 나와 친구들만 내 소설을 읽는 게 아니라는 사실을 깨달았다. 재능, 감각, 무의식, 망상, 충동을 쓰는 건 좋은 소설이 아니라는 생각도 들었다. 나는 개작과 퇴고를 반복했고, 2019년 초여름이 돼서야 은행나무 편집부에 '오늘'이라는 제목의 원고를 전할 수 있었다. 편집부의 제안으로 제목은 '가정법'으로 바뀌었다.《가정법》에는 과거의 나와 현재의 나가 뒤섞인 채 존재한다.

본문에 삽입된 그림의 작가는 아래와 같습니다
– 오한기 (17쪽, 18쪽, 19쪽, 130쪽, 131쪽, 141쪽, 142쪽, 224쪽)
– 김지수 (247쪽)

가정법

1판 1쇄 발행 2019년 8월 19일
1판 4쇄 발행 2024년 2월 23일

지은이·오한기
펴낸이·주연선

(주)은행나무
04035 서울특별시 마포구 양화로11길 54
전화·02)3143-0651~3 ┃ 팩스·02)3143-0654
신고번호·제 1997-000168호(1997. 12. 12)
www.ehbook.co.kr
ehbook@ehbook.co.kr

ISBN 979-11-89982-42-3 03810